大學國文選
醫學與人文

五南圖書出版公司 印行

輔仁大學國文選編輯委員會

召集人 王欣慧

主　編 孫永忠

編　撰 王欣慧、林郁迢

編者的話

王欣慧、林郁迢

既是專為醫學院大一新生設計的教科書，理應循例撰寫「導讀」，優點是可以說明選文的目的動機，充分傳遞預設的主觀價值，彰顯醫療人文的理念。

然而，就編者立場而言，卻也十分焦慮「過度導讀」會限制讀者的閱讀空間，導致每一篇選文極為豐富的文本世界相對限縮。因此，編者再三思量，寧可捨棄導讀，轉而鼓勵每一位有緣開卷的讀者，按著個人學養與生命經驗，任性展開私人閱讀旅程，盡情享受自己的詮釋權與反思空間，暫不必理會旁人別解，即使偶爾誤走岐路，也自有文本風景，誠如赫塞所言：「就每一種真理而言，它的反面亦同樣真實。」（《流浪者之歌》）因此，我們又何必急於尋覓眾口同聲的正道或歸途？大可在文本世界裡遊目騁懷，思視千載萬里！

既欲以「編語」代替導論來淡化本書教學色彩，不妨借被喻為醫療漫畫鼻祖的《怪醫黑傑克》為例，輕鬆地聊一下編者的想法。據說曾經當過醫生的漫畫家手塚治虫當初設定黑傑克這個天才醫生的角色時，一心想把他塑造成全世界最喪行敗德的外科醫生，勒索奄奄一息的病人，趁火打劫患者家屬，收取龐大醫療費用，總之所有不堪的形容詞，都適用於這位腹黑醫師。豈知隨著故事情節的開展，漫畫人物之間的微妙互動，黑傑克的言行舉止竟然開始不受漫畫家擺佈，逕自發展成讀者所看到的，在不公不義的社會結構中，循其本心追求實質正義的外科聖手，爾後漫畫家便也只能順著黑傑克的性格發展去構思作畫。

這種超乎作者預期，始料未及的創作現象，適能證明閱讀行為最好先由讀者自行經歷文本世界，完成一個專屬個人的完整閱讀活動，畢竟在創作世界裡，連作家都難以掌握的作品人物、劇情內容，又豈能奢求活生生的讀者按著編者的預期去閱讀選文，然後照單全收編者想傳遞給讀者的價值觀。況且編者的管窺之見與作者的創作原意說不定也存在著極大落差，又豈敢妄下斷語。即便有機會附上作者的創作自白好了，又將如何排除在創作活動上連作者都感到莫名其妙的黑傑克現象？若此，不如參考羅蘭巴特的提醒：作者已死，在作品完成之際！反觀在閱讀裡活著的，只能是不斷發現作品嶄新意義的每一位讀者的每一個當下。

當意識到閱讀活動的獨立性之後，編者自然能夠極度克制，不灌輸理念，僅止於略敘選文初衷聊備參考。本書古今選文涵蓋幾個面向：醫事人員的自覺與自重，如〈大醫精誠〉、〈紅樓夢的四個醫生〉；患者及家屬訪醫尋診的微妙心理，如〈一九八二，我的山海關〉、〈童仔仙〉；遭遇挫折的勇氣與智慧，如〈三成七〉；體貼入微的暖心之舉，如〈洗碗〉；專業的自信與從容，如〈扁鵲列傳〉；凝視眾生百態，如〈倒放的天梯〉、〈將軍碑〉；面對死亡的遐想，如〈死後〉；美善觀念的傳遞，如〈讚美，是聽覺的維他命〉、〈有種眼疾叫「偏見」〉；醫療無國界的胸襟氣魄，如〈誰該去非洲〉、〈吃人一口，至少還人半口〉。上述選文所涉及的議題、信念、思想或各有其偏重，但彼此之間仍有可以增進醫療人文內涵的共同價值，因而綴合一編，期盼透過文本的閱讀激盪，在醫病關係的思考上更加深廣。

不可諱言，作為編者，難免希望使用本教材的同學也能將課堂上因時間受限而未能選講的篇章利用閒暇閱讀，只是如果連麥克喬丹在NBA生涯的兩分球命中率都不到一半（百分之四十九・七）時，又有什麼理由鞭策讀者必須通讀全書？只想誠摯邀請大家隨喜樂讀，不強求有思有感，任憑無情與鍾情。

目次

扁鵲列傳

司馬遷

扁鵲者，勃海郡❶鄭❷人也，姓秦氏，名越人。少時爲人舍長❸。舍客長桑君❹過，扁鵲獨奇之，常謹遇之。長桑君亦知扁鵲非常人也。出入十餘年，乃呼扁鵲私坐，閒與語曰：「我有禁方，年老，欲傳與公，公毋泄。」扁鵲曰：「敬諾。」乃出其懷中藥予扁鵲：「飲是以上池之水，三十日當知物矣。」❺乃悉取其禁方書盡與扁鵲。忽然不見，殆非人也。扁鵲以其言飲藥三十日，視見垣一方人❻。以此視病，盡見五藏❼癥結，特以診脈爲名耳。爲醫或在齊，或在趙。在趙者名扁鵲。

當晉昭公時，諸大夫彊而公族弱，趙簡子爲大夫，專國事。簡子疾，五日不知人，大夫皆懼，於是召扁鵲。扁鵲入視病，出，董安于問扁鵲，扁鵲曰：「血脈治也，而何怪！昔秦穆公嘗如此，七日而寤。寤之日，告公孫支與子輿曰：『我之帝所甚樂。吾所以久者，適有所學也。帝告我：晉國且大亂，

❶勃海郡：漢郡名，郡治浮陽（今河北滄州東南）。

❷鄭：《正義》及《索隱》均謂勃海無鄭縣，當作鄚縣，即今河北任丘城北鄚州鎮。

❸舍長：《索隱》謂「為舍長」，無「人」字。舍長，客館主事。

❹長桑君：長桑，複姓。君，對人之尊稱。《索隱》謂長桑君乃隱者，蓋神人。

❺《索隱》：舊說云上池水謂水未至地，蓋承取露及竹木上水，取之以和藥，服之三十日，當見鬼物也。

❻一方人：一方，另一方。《索隱》：言能隔牆見彼邊之人，則眼通神也。

❼五藏：《正義》：五藏謂心、肺、脾、肝、腎也。六府謂大小腸、胃、膽、膀胱、三焦也。

五世不安。其後將霸，未老而死。霸者之子且令而國男女無別。』公孫支書而藏之，秦策於是出。夫獻公之亂，文公之霸，而襄公敗秦師於殽而歸縱淫，此子之所聞。今主君之病與之同，不出三日必閒，閒必有言也。」

居二日半，簡子寤，語諸大夫曰：「我之帝所甚樂，與百神游於鈞天，廣樂九奏萬舞，不類三代之樂，其聲動心。有一熊欲援我，帝命我射之，中熊，熊死。有羆來，我又射之，中羆，羆死。帝甚喜，賜我二笥，皆有副。吾見兒在帝側，帝屬我一翟犬，曰：『及而子之壯也以賜之。』帝告我：『晉國且世衰，七世而亡。嬴姓將大敗周人於范魁之西，而亦不能有也。』」董安于受言，書而藏之。以扁鵲言告簡子，簡子賜扁鵲田四萬畝。

其後扁鵲過虢❽。虢太子死，扁鵲至虢宮門下，問中庶子喜方者❾曰：「太子何病，國中治穰❿過於眾事？」中庶子曰：「太子病血氣不時，交錯而不得泄，暴發於外，則爲中害。精神不能止邪氣，邪氣畜積而不得泄，是以陽緩而陰急，故暴蹷⓫而死。」扁鵲曰：「其死何如時？」曰：「雞鳴至今。」曰：「收⓬乎？」曰：「未也，其死未能半日也。」「言臣齊勃海秦越人也，家在於鄭，未嘗得望精光侍謁於前也。聞太子不幸而死，臣能生之。」中庶子曰：「先生得無誕之乎？何以言太子可生也！臣聞

❽虢：《正義》：陝州城，古虢國。

❾喜方者：《索隱》：喜，好也，愛也。方，方技之人也。《正義》：中庶子，古官號也。喜方，好方術，不書姓名也。

❿治穰：穰，通「禳」，除殃祭也。治穰，祭祀祈神以消解災禍。

⓫暴蹷：突然昏厥不省人事。

⓬收：棺斂。

上古之時，醫有俞跗⑬，治病不以湯液醴灑，鑱石⑭撟引⑮，案扤⑯毒熨⑰，一撥見病之應⑱，因五藏之輸⑲，乃割皮解肌，訣脈結筋，搦髓腦，揲荒⑳爪幕㉑，湔㉒浣腸胃，漱㉓滌五藏，練精易形。先生之方能若是，則太子可生也；不能若是而欲生之，曾不可以告咳嬰之兒。」終日，扁鵲仰天嘆曰：「夫子之爲方也，若以管窺天，以郄視文。越人之爲方也，不待切脈望色㉔聽聲寫形㉕，言病之所在。聞病之

⑬俞跗：古代醫家，《正義》引應劭云：「黃帝時將也。」

⑭鑱石：石針。

⑮撟引：撟，按摩之法，夭撟引身，如熊顧鳥伸。

⑯案扤：按摩，扤音玩。

⑰毒熨：毒病之處以藥物熨帖。

⑱病之應：病者外表的反應，即證候。

⑲五藏之輸：順著五臟的原穴。輸，同「腧」，人身上的穴位。

⑳揲荒：揲，持。荒，通「肓」，指膏肓。

㉑爪幕：爪，疏理。幕，通「膜」，指橫膈膜。

㉒湔：清洗。

㉓漱：洗刷。

㉔切脈望色：診脈觀察病人臉上氣色。《正義》引《素問》云：「面色青，脈當弦急；面色赤，脈當浮而短；面色黑，脈當沉浮而滑也。」

㉕聽聲寫形：聽病人發出的聲音，審察病人的形態。《正義》引《素問》云：「好哭者肺病，好歌者脾病，好妄言者心病，好呻吟者腎病，好叫呼者肝病也。」

陽，論得其陰；聞病之陰，論得其陽。㉖病應見於大表，不出千里，決者至眾，不可曲止㉗也。子以吾言爲不誠，試入診太子，當聞其耳鳴而鼻張，循其兩股以至於陰，當尚溫也。」

中庶子聞扁鵲言，目眩然而不瞚，舌撟㉘然而不下，乃以扁鵲言入報虢君。虢君聞之大驚，出見扁鵲於中闕，曰：「竊聞高義之日久矣，然未嘗得拜謁於前也。先生過小國，幸而舉之，偏國寡臣幸甚。有先生則活，無先生則棄捐填溝壑，長終而不得反。」言未卒，因噓唏服臆，魂精泄橫，流涕長潸，忽忽承睞㉙，悲不能自止，容貌變更。扁鵲曰：「若太子病，所謂『尸蹷』者也。夫以陽入陰中㉚，動胃纏緣㉛，中經維絡㉜，別下於三焦膀胱㉝，是以陽脈下遂，陰脈上爭，會氣閉而不通，陰上而陽內行，

㉖ 聞病之陽四句，由陽知陰，由陰知陽。《正義》引《難經》云：「陰病行陽，陽病行陰，故令幕在陰，俞在陽。」楊玄操云：「腹為陰，五藏幕皆在腹，故云幕皆在陰。背為陽，五藏俞皆在背，故云俞皆在陽。內藏有病則出行於陽，陽俞在背也。外體有病則入行於陰，陰幕在腹也。」鍼法云：「從陽引陰，從陰引陽也。」

㉗ 不可曲止：不能一一具言其中原委。止，語助詞。

㉘ 撟，舉也。

㉙ 承睞，睫也。承睞，《索隱》：「淚恆垂以承於睫也。」，即珠淚不斷。

㉚ 陽氣下陷於陰。《正義》引《難經》云：「脈居陰部反陽脈見者，為陽入陰中，是陽乘陰也，脈雖時沉濇而短，此謂陽中伏陰也。脈居陽部而陰脈見者，是陰乘陽也，脈雖時沉滑而長，此謂陰中伏陽也。」

㉛ 動胃纏緣：絡脈纏繞胃部，使胃受傷。《正義》：「纏緣，謂脈纏繞胃也。」

㉜ 中經維絡：傷害經脈，絡脈受阻。中，傷害。「維」，雍塞。

㉝ 別下於三焦膀胱：經絡分別下陷於三焦、膀胱。《正義》引《難經》云：「三焦者，水穀之道路，氣之所終始也。上焦在心下，下鬲在胃上口也。中焦在胃中脘，不上不下也。下焦在臍下，當膀胱上口也。膀胱者，津液之府也，溺九升九合也。」

下內鼓而不起㉞，上外絕而不爲使㉟，上有絕陽之絡，下有破陰之紐，破陰絕陽，色廢脈亂，故形靜如死狀。太子未死也。夫以陽入陰支蘭㊱藏㊲者生，以陰入陽支蘭藏者死。凡此數事，皆五藏蹷中之時暴作也。良工取之，拙者疑殆。」

扁鵲乃使弟子子陽厲鍼砥石，以取外三陽五會㊳。有閒，太子蘇。乃使子豹爲五分之熨，以八減之齊㊴和煮之，以更熨兩脅下。太子起坐。更適陰陽，但服湯二旬而復故。故天下盡以扁鵲爲能生死人。扁鵲曰：「越人非能生死人也，此自當生者，越人能使之起耳。」

扁鵲過齊，齊桓侯客之。入朝見，曰：「君有疾在腠理㊵，不治將深。」桓侯曰：「寡人無疾。」扁鵲出，桓侯謂左右曰：「醫之好利也，欲以不疾者爲功。」後五日，扁鵲復見，曰：「君有疾在血脈，不治恐深。」桓侯曰：「寡人無疾。」扁鵲出，桓侯不悅。後五日，扁鵲復見，曰；「君有疾在腸胃閒，不治將深。」桓侯不應。扁鵲出，桓侯不悅。後五日，扁鵲復見，望見桓侯而退走。桓侯使人問其故。扁鵲曰：「疾之居腠理也，湯熨之所及也；在血脈，鍼石之所及也；其在腸胃，酒醪之所及也；

㉞內鼓而不起：陽氣在身體下部和內部鼓動，而不能正常上升與外運。

㉟上外絕而不為使：居上、居外的陽氣被隔絕而不能導引陰氣。

㊱支蘭：遮攔、阻隔。

㊲藏：即「臟」，指臟氣。

㊳三陽五會：即「百會穴」，位於頭頂。《正義》引《素問》云：「手足各有三陰三陽：太陰、少陰、厥陰；太陽、少陽、陽明也。五會謂百會、胸會、聽會、氣會、臑會也。」針刺百會，有回陽救急，開竅醒腦等療效。外，《說苑》無「外」字，疑為衍文。

㊴五分之熨者，謂熨之令溫暖之氣入五分也。八減之齊者，謂藥之齊和所減有八。二句意指減輕藥分劑量。

㊵腠理：皮膚。

其在骨髓，雖司命無柰之何。今在骨髓，臣是以無請也。」後五日，桓侯體病，使人召扁鵲，扁鵲已逃去。桓侯遂死。

使聖人預知微，能使良醫得蚤從事，則疾可已，身可活也。人之所病，病疾多；而醫之所病，病道少。故病有六不治：驕恣不論於理，一不治也；輕身重財，二不治也；衣食不能適，三不治也；陰陽并，藏氣不定，四不治也；形羸不能服藥，五不治也；信巫不信醫，六不治也。有此一者，則重難治也。

扁鵲名聞天下。過邯鄲，聞貴婦人，即為帶下[41]醫；過雒陽，聞周人愛老人，即為耳目痹[42]醫；來入咸陽，聞秦人愛小兒，即為小兒醫，隨俗為變。秦太醫令李醯自知伎不如扁鵲也，使人刺殺之。至今天下言脈者，由扁鵲也。

[41] 帶下：《黃帝內經》：「任脈為病，男子內結七疝，女子帶下瘕聚。」帶下，借指婦科疾病。

[42] 痹：痹症，中醫指由風、寒、濕等引起的肢體疼痛或麻木的病。

大醫精誠

孫思邈

張湛曰：「夫經方之難精，由來尚矣。❶」今病有內同而外異，亦有內異而外同，故五臟六腑之盈虛❷，血脈榮衛之通塞❸，固非耳目之所察，必先診候以審之。而寸口關尺，有浮沉弦緊之亂❹；俞穴流注❺，有高下淺深之差；肌膚筋骨，有厚薄剛柔之異，唯用心精微者，始可與言於茲矣。今以至精至微之事，求之於至麤❻至淺之思，其不殆哉？若盈而益之，虛而損之，通而徹之，塞而壅之，寒而冷

❶張湛：字處度，東晉著名玄學家、養生家，撰《養生要集》、《養性傳》、《延年秘錄》以及《列子注》等。經方：指記載藥劑治療的書，如《漢書．藝文志》有經方十一家。尚：久遠。

❷五臟：指脾、肺、腎、肝、心。六腑：指胃、大腸、小腸、三焦、膀胱、膽。盈虛：盛衰消長。

❸榮衛：中醫名詞，泛指氣血。榮通營，榮衛即營衛，《黃帝內經．靈樞第十八．營衛生會》：「人受氣于穀，穀入于胃，以傳與肺，五藏六府，皆以受氣，其清者為營，濁者為衛，營在脈中，衛在脈外，營週不休，五十而復大會，陰陽相貫，如環無端，衛氣行于陰二十五度，行于陽二十五度，分為晝夜，故氣至陽而起，至陰而止。」

❹寸口關尺：中醫切脈的部位。寸口約在手掌後一寸處，寸口脈分寸、關、尺，關是手腕橈骨突起的位置，關之前為寸，關之後則為尺。浮、沉、弦、緊：皆脈象名。

❺俞穴：即穴位。流注：指經絡氣血流通灌注。

❻麤：同粗。

之，熱而溫之⑦，是重加其疾而望其生，吾見其死矣。故醫方卜筮，藝能之難精者也。既非神授，何以得其幽微？世有愚者，讀方三年，便謂天下無病可治；及治病三年，乃知天下無方可用。故學者必須博極醫源，精勤不倦，不得道聽途說，而言醫道已了，深自誤哉！

凡大醫治病，必當安神定志，無慾無求，先發大慈惻隱之心，誓願普救含靈⑧之苦。若有疾厄來求救者，不得問其貴賤貧富，長幼妍媸⑨，怨親善友，華夷智愚，普同一等，皆如至親之想。亦不得瞻前顧後，自慮吉凶，護惜身命。見彼苦惱，若己有之，深心悽愴，勿避嶮巇⑩。晝夜寒暑，饑渴疲勞，一心赴救，無作功夫形跡⑪之心。如此可爲蒼生大醫，反此則是含靈巨賊。自古名賢治病，多用生命以濟危急，雖曰賤畜貴人，至于愛命，人畜一也。損彼益己，物情同患，況於人乎！夫殺生求生，去生更遠。吾今此方所以不用生命爲藥者，良由此也。其蝱蟲⑫、水蛭之屬，市有先死者，則市而用之，⑬不在此例。只如雞卵一物，以其混沌未分⑭，必有大段⑮要急之處，不得已隱忍而用之。能不用者，斯爲

---

⑦盈而益之：實證卻用補法。虛而損之：虛證卻用瀉法。通而徹之：氣血通利還去疏通。塞而壅之：已經不順暢還去阻塞它。寒而冷之：寒證卻用寒涼藥。熱而溫之：熱證卻用溫熱藥。

⑧含靈：指人類，人為萬物之靈，故云。

⑨妍媸：美醜。媸，醜。

⑩嶮巇：艱險崎嶇。

⑪形跡：世故，推諉。

⑫蝱蟲：即虻蟲。

⑬市：購買。

⑭混沌：天地未分開時的狀態，此指雞雛成形前之狀態。

⑮大段：猶言重要。

大哲，亦所不及也⑯。其有患瘡痍、下痢，臭穢不可瞻視，人所惡見者，但發慚愧悽憐憂恤之意，不得起一念蒂芥之心，是吾之志也。

夫大醫之體，欲得澄神內視⑰。望之儼然，寬裕汪汪，不皎不昧⑱。省病診疾，至意深心，詳察形候，纖毫勿失，處判針藥，無得參差⑲。雖曰病宜速救，要須臨事不惑，唯當審諦覃思⑳，不得於性命之上，率爾自逞俊快，邀射名譽，甚不仁矣！又到病家，縱綺羅㉑滿目，勿左右顧眄，絲竹湊耳，無得似有所娛，珍羞迭薦，食如無味，醽醁㉒兼陳，看有若無。所以爾者，夫一人向隅，滿堂不樂，而況病人苦楚，不離斯須，而醫者安然懽娛，傲然自得，茲乃人神之所共恥，至人㉓之所不爲，斯蓋醫之本意也。

夫爲醫之法，不得多語調笑，談謔諠譁，道說是非，議論人物，衒耀聲名，訾毀諸醫，自矜己德，偶然治瘥㉔一病，則昂頭戴面，而有自許之貌，謂天下無雙，此醫人之膏肓㉕也。

---

⑯「能不用」三句：言大哲不用雞卵，而已偶用之，故曰「不及」。大哲，指才識超越常人之人。

⑰體：風度。澄神：心智和精神安靜澄清而不受干擾。內視：摒除雜念。

⑱儼然：莊嚴。汪汪，水寬廣貌，形容人的氣度恢弘廣大。皎，明亮。昧，昏暗。不皎不昧：猶言不亢不卑。

⑲參差：不齊貌，此指差錯。

⑳審：周密、全面。諦：審察。覃思：深思。

㉑綺羅：五彩華貴的絲織品。

㉒醽醁：美酒名。

㉓至人：指道德思想達到至高境界之人。

㉔瘥：痊癒。

㉕膏肓：人體心臟與橫膈膜之間的部分。舊說以為是藥效無法達到的地方，故引申為病症已達難治的階段。此喻難以去除之惡習。

老君曰：人行陽德，人自報之；人行陰德，鬼神報之；人行陽惡，人自報之，人行陰惡，鬼神害之。尋此貳途，陰陽報施，豈誣也哉？所以醫人不得恃己所長，專心經略財物，但作救苦之心，於冥運道中，㉖自感多福者耳。又不得以彼富貴，處以珍貴之藥，令彼難求，自衒㉗功能，諒非忠恕之道㉘。志存救濟，故亦曲碎論之，學者不可恥言之鄙俚也。

㉖冥：陰間。運道：運數。
㉗衒：誇耀。
㉘忠恕之道：忠：待人盡忠。恕：推己及人。《論語．里仁》：「夫子之道，忠恕而已矣。」

洗碗

王文進

早年在師大讀碩士班的時候，心中最仰慕、問學最殷懇的對象是詩歌、書法雙絕的大師汪雨盦先生。

汪老師不但自己給了我們最深切的薰養，還給了我們一位最慈祥、最會做菜的師母。幾乎已經記不得是多少次了，我們去吃師母做的菜，簡直像一群學童下課回家吃晚飯一樣，既視爲天經地義而又蠻橫無理，實在已經不像「作客」而是「寄養」了。細心的同學注意到師母作菜真的很辛苦，雖然她永遠又爽朗又親切地在廚房、餐廳之間穿梭不停，但有人還是看到她端著熱湯出來時，額頭上微微的汗珠。大家逐漸覺得應該在餐後幫師母整理廚房，因爲師母視學生如己出，惟恐我們在外挨了餓，所以每一次作起菜來，都是十道、八道的大手筆。我們如果吃了就走，保證師母一定要洗到晚上十點鐘。師母白天可還要在師大行政單位上整整八個小時的班。

同學們於是帶著贖罪的心情，開始奮不顧身地搶救師母去了，我卻一直沒有表現的機會。一來是我生性有些懶怠，小時候家裡雖然窮，可是在母親的溺愛之下，沒下過廚房，所以還真不知從何幫起；再則汪老師可能也真有些「護短」，每次餐罷，就先讓我到客廳泡茶。然後咬著他的煙斗，像六朝名士般儒雅地笑笑：「文進也還學了些茶道，茶的事還是給他吧！」

其實我想老師真的有些護短。大概我是第一個有「仙緣」在茫茫大海中陪待他划過船的學生吧！

老師在淡江大學兼過幾年的詩選課，正教到〈春江花月夜〉的「海上明月共潮生」。那時候觀音山下的淡水河還正清澈，我和幾位外文系的朋友，爲了不辜負如此大好山川，合資買了一艘漁船，是要像漁夫般站著划木槳的。我邀請老師找一個月圓之夜留下來泛舟，問一問：「江畔何人初見月，江月何年初照人？」一老師依約而來。舟罷，老師興致高昂地寫下一首：「二十年來無此夕，二十年來無此客，乘興夜泛淡海舟……」的七言歌行，寫其自大陸飄泊來臺二十餘年，初晤淡水觀音山驚艷的心情。並以墨寶親題，於課堂上朗讀之後頒賜。我像領獎狀一樣，雙手捧回。就這樣，我成了老師口中所謂「有真性情的好學生」。好學生其實也是會使壞的，我就這樣順水推舟地盜用了一些特權。

還好一起吃飯時，大多有女同學或資歷較淺的大學部同學。那時女性主義也還沒興起，我這樣「不食人間煙火」的魚目混珠，也還沒有引起公憤。

有一天下午兩點左右，我突然想去借一本書，事先沒有約好就逕自去按了門鈴。那時老師住的宿舍是麗水街巷弄中有庭院的日式木房，門是虛掩的。我因爲和老師家熟了，敲了幾聲，就推門進去。老師和師母都不在客廳，只有廚房中傳來碗盤叮噹的聲音。我想老師大概是午休未醒，於是走向廚房準備向師母問安。剛一踏進門邊，赫然發現正在洗碗的不是師母，而是我們「仙風道骨」的汪老師。像雷轟般，我一個箭步衝向前去，搶了一個碟子說：「老師，我來！」我直覺地想，老師那雙手可是用來寫王羲之〈蘭亭序〉，用來揮灑米芾〈蜀素帖〉的，萬一沾了油膩，要怎麼研墨揮毫呢？老師卻立刻制止我：「小聲，師母昨晚感冒，別驚醒了她」。然後他繼續把槽中的碗盤一一清洗。我定了定神才發現老師的身手也是很生疏，但是卻極爲認真，並且每一個擦拭的動作，都好像在臨魏碑似的，力道十足，一筆一畫方方正正。洗完了，師徒二人檢查了一下籃子中的餐具，像凝視宋代青瓷一般嚴肅恭謹。原來洗過碗後的心，居然有著「雨過天晴」般的皎潔晶瑩。後來有幾次，我主動婉拒了「泡茶」的雅事，搶去一步，試著到廚房去臨摹魏碑。

又隔了好幾年，在準備婚禮的前夕，我半開玩笑地問我的未婚妻：「妳究竟是看上我那一點？」伊狡黠地笑了笑：「因爲你會幫我洗碗！」這下換我額頭微微出汗了。偶而像魏碑行草抹拭一下還不太累，如果真的成爲家庭作業，可能不是那麼好玩吧！但是那時伊的笑靨正年輕甜美。我嘆了一聲：「雖千盤萬碗，吾往矣！」

還好，伊沒有真的爲難我，因爲伊在嫁妝之中，多帶了一台德國製「BOSCH」洗碗機過來。

三成七

王文華

十月九日，紐約洋基球場。美國職棒季後賽，洋基和天使第四場比賽。兩隊都屬於「美國聯盟」，五戰三勝者，可以與波士頓紅襪或芝加哥白襪中的勝隊，爭奪「美聯」的冠軍。而「美聯」冠軍，則可和「國家聯盟」冠軍進入「世界大賽」，爭奪年度總冠軍。開賽前，天使已兩勝，洋基一勝。在求生意志和主場優勢的雙重鞭策下，洋基以三比二險勝，迫使天使進入第五戰。球賽結束時約晚上十一點。

十月十日，洛杉磯天使球場。兩隊在前晚十一點比賽結束後，立刻搭機從紐約飛往洛杉磯，凌晨三點半抵達，晚上八點開打。結果洋基以三比五輸給天使，向晉級說拜拜。今年再也看不到洋基，看不到王建民。

我是洋基的球迷，十號當天心情當然沉到谷底。特別是當我想起去年洋基的表現，舊恨新仇一湧而上。去年「美聯」冠軍戰，洋基打紅襪，七戰四勝制。洋基連贏三場，眼看可以輕鬆封王。沒想到接下來連輸四場，眼睜睜地看紅襪贏得「美聯」冠軍，後來進一步贏得年度總冠軍。

這還不是最嘔的！曾經，洋基無往不利，而我都曾目睹那些功績。一九九六、一九九八、一九九九、二〇〇〇，我還住紐約，這四年他們都是年度總冠軍。二〇〇〇年我搬回台灣，他們就再也沒拿過第一名。我當然知道我住不住紐約跟他們贏不贏一點關係都沒有，但我不禁暗暗責怪自己：是不是因爲我沒有去加油？是不是因爲球迷動員不力？我配不配自稱是洋基的球迷？我有沒有買足夠的授權商品？

我對洋基有感情，因爲當我一個人住在紐約時，它總是忠實地陪伴著我。職棒每年從四月打到十月，我和洋基隊度過無數個夏日夜晚。晚上的比賽通常八點開始，那時下了班，花一小時，從曼哈頓島最南邊的公司一路坐地鐵到最北邊的洋基球場。沒時間吃飯，就在觀眾席買熱狗和可樂。食物還沒嚼完，就忍不住跳起來叫喊。

對某件事的著迷，是因爲對另一件事的空虛。迷上棒球，跟身處異國的寂寞有關。洋基的確讓我在八百萬人的紐約市，找到一種歸屬感。我的身份是洋基球迷，帽子尺寸是七號半。因爲跟五萬人坐在一起，所以我不孤單。

洋基除了給我陪伴，也教了我很多人生道理。最重要的一項，是如何看輸贏。

美國職棒選手有一句代代相傳的名言：「每一年，每支球隊要打一百六十二場。你注定輸五十四場，注定贏五十四場。大家在拼的，其實是那剩下的五十四場。」

這句話開宗名義地表明：輸，在棒球中是常態。縱使是冠軍隊，也是一路慘輸過來。

去年總冠軍波士頓紅襪隊打的一百六十二場中，贏了九十八場，輸了六十四場。二〇〇三年總冠軍佛羅里達馬林魚隊，贏了九十一場，輸了七十一場。換句話說，甚至是年度冠軍，十場球都要輸四場。

更有趣的是：去年波士頓紅襪隊贏了九十八場，拿到冠軍。跟它爭霸的聖路易紅雀隊贏了一〇五場，卻與冠軍無緣。二〇〇三年佛羅里達馬林魚隊贏了九十一場，拿到冠軍，跟他爭霸的紐約洋基贏了一〇一場，還是輸家。

輸，在棒球中是常態。而輸得多，未必就代表你冠軍的希望小。大家比的不是贏的次數，而是贏的品質和時機。

這讓聯考制度和菁英主義下成長的我，大開眼界。從小到大，社會和我們都不容許自己輸。考高中、考大學、留學、找工作、甚至談戀愛，都要爭第一志願。萬一變成第二，我們就否定自己一切的價值。任何失敗的經驗，都讓我們在別人面前啞口無言。考壞了，自己不願談，爸媽更不敢提。失敗是醜聞，我們得把它藏在床底。

成功，在我們的社會被狹窄地定義為第一。所以活在社會中的我們，自然地與全世界為敵。努力想贏的人，會有「贏才是正常」的心態。當我們贏時，覺得理所當然。輸了，就是老天虧待。沒有人會想：也許輸才是常態，贏算是走運！誰說人生下來就是要贏的？誰說努力就一定可以贏？每個人都生下來了，大多數的人都很努力，如果每一個人都要贏，那誰輸呢？

我們總是把輸贏，賦予太多哲學意義，試圖從其中掰出真理，鞭策自己日新又新。其實只要努力了，輸贏就像樂透，有時只是運氣。

「贏才是正常」的心態，害「死」了很多人。我的朋友優秀了一輩子，當上跨國公司的主管。當女友離開他時，他自殺了。「我這麼愛她，她為什麼要離開我？」他沒有怪她，他怪自己。怪自己不夠優秀，怪自己沒有盡力。他把這次失戀當作奇恥大辱。一旦無法像過去成功時一樣，在眾人面前假裝謙虛時，他就不知道怎麼面對世界了。他沒有學過自嘲，於是反覆地拿一次失利砸自己的腳。為了在別人眼中留下完美的履歷表，他選擇一切丟掉。

我真希望他跟我一起看過洋基隊的比賽，看過十三號的亞歷士．拉瑞卡斯打全壘打。拉瑞卡斯是今年洋基隊的打擊王，四十八支全壘打，平均打擊率○．三二一，在大聯盟排名第五。今年排名第一的，是芝加哥小熊隊的戴瑞克．李，平均打擊率○．三三五。

等一下，○．三二一、○．三三五，這些代表什麼？

○．三的打擊率，就是俗稱的三成。意指上場十次，只有三次擊出安打，其他七次都出局。今年最棒的戴瑞克・李，上場一百次，也只能打出三十四支安打。其他六十六次，通通揹龜。

大聯盟有史以來的打擊王是泰・可普（Ty Cobb）。他從一九○五年打到一九二八年，最後在底特律老虎隊退休。他的終身平均打擊率是○・三六七。

也就是說，史上最優秀的打者，上場一百次，也只能打出三十七支安打。其他六十三次，都黯然下台。

他的失敗，遠多於成功。

我真希望我的朋友知道他已經是最成功的人。失戀只是那六十三次失敗之一，其他三十七次他都會找到兩情相悅的伴侶。人生成功，你不需要在人生每一件事上都成功。你甚至可以大多數的事都失敗，最後還是當上史上的打擊王。留名青史的成功人生，只需要三成七的打擊率。

今年的聯盟冠軍賽，「美國聯盟」方面，白襪以四勝一負打敗天使，得到冠軍。「國家聯盟」方面，休斯頓太空人以四勝兩負踢走聖路易紅雀，光榮封王。白襪和太空人，將爭奪今年的總冠軍。這些冠軍戰，讓我體會到風水輪流轉。從一九○三年以來，隊伍總數在三十上下的大聯盟，共有二十六支不同的隊伍拿過總冠軍，今年再怎麼菜的隊，明年可能就奪魁。這二十六隊，除了洋基、紅雀等隊之外，沒有隊多次稱王。這表示你今年得意，明年也可能出局。棒球的輸輸贏贏，沒什麼道理。而人生也是這樣。

今年的總冠軍會在十月二十六日到三十日之間產生，我會繼續熱情收看。但我懷念洋基，懷念王建民，最重要的，我懷念我的朋友。我好想告訴他：「每一個人，一生要打一百六十二場。你注定輸五十四場，注定贏五十四場。大家在拼的，其實是那剩下的五十四場……」

我好想告訴他：「你其實可以快樂地做那個，打擊率三成七的強棒。」

——刊載於《中國時報・人間副刊》二○○五年十月二十一日

倒放的天梯

施叔青

醫學討論會

做一個精神科的實習醫師，對於所屬的實習醫院每個月定期舉行的醫學討論會，除了被迫必得列席之外，還須將席間研討的內容一一筆錄。

這種討論會，按照慣例，由院長親自主持。每次在進入討論的伊始，他先提出一項外國醫學界最新報導的病例，以供在座的精神科主治醫師，以及從事該項治療的助手們，針對這病例潛心思索，從而獲致各人的見解。

那些仍然在學的實習醫師，對於這種方式的會議，總有類似上課的感覺。他們一致認爲：在特定的一段時間內，就一個來自國外醫學界的實例，醫師們聚在一起誠心切磋，在增長知識與解決問題上，常是成績斐然的。

院長結束了醫學雜誌上臨床試驗的報告，討論會已至尾聲了，往往他會像是突然被觸動一般，低下頭，虔誠地做著結論。本著院長悲天憫人的氣質，他證言人類精神將達到廣泛的和平境界將是可拭目以待的了。如許悲壯感人的期許，被實習醫師一一記錄下來，使他們的會議報告幾乎圓滿無缺。就像一首交響樂，恰如其份地圈上一個休止符；一個最完美的終結。

討論會的地點設在醫院大廈的頂樓，一間綠色緯幔深垂的密室。現在，距離開會時間約莫還剩下幾分鐘，只見密室的門忙碌的一啓一閉，它把剛下班的，還身著白衣的醫師們一個個陸續吸進去。

密室內，分置會議桌兩旁的那些空椅，漸漸被魚貫入室的醫師們一一坐滿了。

下一瞬間，門將納入院長寬坦的身軀，他莊嚴地站上主席的位置，然後自腋間抽出那本印刷精美的醫學雜誌……就這樣，一樁藏於字裏行間的隱秘將被宣讀出來。隨著院長複述病情的低音，這項精神病例成爲一種新鮮的恐怖，在密室的角落徐徐不斷滋長著……

院長進來了，異於往日的，他底腋下卻是空空的，僅在指縫間捏了一卷紙。

「咳！各位——」他招呼大家。

等待中的醫師們，立刻調整了各人坐在椅子內的鬆弛姿態。

「這次的醫學討論會，我們要研究一個患者——國內的患者。」

站立於會議桌這一端主席位置上的院長，完全扣住了每一個人的視線。

「一個星期以後，患者將轉來我們醫院接受治療，他的家屬正在趕著辦退院手續——S精神病院的退院手續。」

聽了這話，在座的醫師們彼此交換著目光，他們足足猶疑了好一會。

「雖然人還沒有住到醫院來，」院長適時補充著，「不過，我有患者的詳細資料。」他揚了揚手指間的那捲紙，又問：「最近一段時候，我經常接觸到患者。對於病情的來龍去脈，我個人有了大致上的了解。」

說著，院長搔搔腦後勺殘存的幾根灰髮，他坐了下來。

「嘩」一聲，像撕裂什麼似的，那捲彎曲的紙被扯開了，院長望入裏面：「這是一疊油印的資料，來自S精神病院的資料室，我唸出來供諸位參考、參考。」

「據患者之妻稱述，」聲音平板無調，密室的空氣因之漸漸沉重下來。

「據患者之妻稱述：患者潘地霖，三十七歲。本業爲打零工之油漆匠。世居楓村祖屋。一家六口生活清苦。患者潘地霖，突然於民國五十四年年底，棄家出走，此後音訊杳然。

「直至民國五十六年夏末，患者潘地霖始由他人護送返回家中。其時已經神志不清。

「患者之妻未受教育，伊本著鄉間愚婦之見，認爲丈夫嘴巴張大、眼珠外凸、舌根無法轉動、癡傻不能言語，雖是在暴熱七月天，猶全身打抖不已……種種跡象乃係在外遭鬼魘附身之故，乃延請當地乩童代之驅鬼，前後幾次，終至徒勞。」

院長從資料中抬起眼睛：「這是患者入S精神病院前的經過。」

席的末端，那個年輕的實習醫師，正把記在筆記本上「棄家出走」加上了「不知何故」這幾個字。

「依據這樣簡單的資料，」院長沉吟道，「使這個病情一度陷入膠著的狀態。」

席間所有的人一心等待他說下去。

「後來，S精神病院負責治療該患者的心理醫師，幾經輾轉調查，終於獲知近三年來，患者曾受雇於東部一家油漆店。

「今年春天，S精神病院與該油漆店店主取得初步聯繫。如是，患者潘地霖自五十四年棄家出走，以至發生精神分裂這一段時間的空白，就因此而得以銜接。」

懸於天花板上的六支日光燈，不時發出嘶嘶的輕響，彷佛交頭接耳地談著這件事，還相互嘖嘖稱奇。

「據油漆店的店主稱：民國五十五年初，潘地霖以一落魄的浪人模樣，向他要求工作。此時，正值東部開發之熱潮時期，該油漆店店主包攬了新開的公路途中，全部橋樑的油漆工作。潘地霖接受雇用，加入由工頭呂昌率領的這一隊伍，成爲沿途漆橋之一名漆匠。

「又據患者的工作同僚回憶：約莫半年的相處，潘地霖給他們的印象是：除了過分沉默寡言、隱瞞自己身世、經歷之外，平時並無任何顯著異樣。」

隨著對這個精神病患者的記載資料，院長交代完這段落之後，接著又來到另一個推論階段：

「按照上述經過情形，潘地霖精神致病的原因無以尋出，是以S精神病院做了如下種種推斷：

首先，懷疑患者有先天性遺傳瘋癲症，恰巧在東部漆橋時，遇上潛伏之末期就此病發。

第二種推斷則是設想患者當時做漆橋工作過程中，曾經不慎腦部受到撞擊，以致震盪小腦神經，造成四肢失去控制的發抖現象。

對於第一種推斷因無根據，故不足成立。第二種推斷，則經過S精神病院詳細透視，發現患者腦神經系統方面，並無絲毫損傷，腦殼十分完整。

如是觀之，這並非屬於器官病，而是一種固結的心理疾病。」

末了一句話，院長格外揚高聲音強調道。他有著極新銳的醫學觀點。對於唯物主義籠罩下，那種致力於神經纖維及腦筋構造的研究，他一逕極力排斥。院長覺得在顯微鏡下試驗人類神智的方法，簡直落伍到不可救藥的地步。

「心能制身」，他深深置信著，滿意的翻過一頁資料，又埋下頭讀起來：

「S精神病院負責治療患者之心理醫師，曾耗費許多工夫輪流與患者共事之同僚一一談話，最後得到可靠之結果，使該病案漸趨明朗化。

按：患者潘地霖於去年九月間精神失去常態。病發之前，潘地霖承應油漆一座吊在深谿之上的鐵索吊橋。由於該吊橋無柱可攀，漆橋者遂領以皮帶自腰間將自己憑空掛在吊橋底下。」

「喏，各位！請看看這個，」院長把一頁資料高高舉起，對向大家：「這張圖是一般漆吊橋的姿態。皮帶繫住腰間，越過肩膀，然後在皮帶盡頭各有一個鐵勾，勾住橋板。一共四條皮帶，好讓身體平衡，照常漆橋做工。鐵勾也可以隨著工作進度而向前移動。各位，看清楚了嗎？」

席上的末端，那個年輕的實習醫師，飛快地把這幅簡圖做了個速寫，抄到他的筆記簿上。

「就像這個姿態，潘地霖虛懸有三日之久，」垂放下手時，院長繼續唸著資料：「一座長達百餘公尺的鐵索吊橋，終於被患者漆成桔紅色——（附註：此吊橋稱之為峰頂吊橋）

潘地霖於漆橋之第三日午後完成工作。一俟他回到地面後，卻擁抱同僚痛哭流涕，接著周身猛烈顫抖，竟日不已。

此後，潘地霖失去謀生能力，工頭呂昌乃派一名漆橋工匠，將患者遣回其故鄉楓村。交給患者家屬照顧。」

默想了好一會，席的末端，那個年輕的實習醫師，蹙著眉記下諸如：深谿、鐵索吊橋……憑空吊起……虛懸三日之久……桔紅色……痛哭流涕，周身顫抖……等等的字眼。他的眼睛轉為悲哀。

「S精神病院診斷的症狀如下：患者迷狂倒錯，間歇性痙攣抽搐、記憶衰退、視覺障礙、有怪癖、聲帶喑啞、張嘴失聲、病勢還在頹損惡化下去。」

密室內的光線驀地轉暗了，四周深垂的綠顏色緯幔顯出淒慘的氣氛，每個人為患者的不幸而噤默住了，同時也逐漸感覺出心靈的疲倦。

院長改換了一下坐姿，「我們來看看S精神病院的治療經過。」他說。

「治療初期：心理醫師實行催眠方法，患者能完全服從催眠者的暗示。一到深催眠狀態，他的肢體甚至變成蠟一般聽命。

但催眠一經解除，患者卻又恢復原有症狀，全身依然發抖不停。可見催眠失敗，患者仍以病癥出現。

第二個階段的治療：就腦波檢示佐以催眠，聽取患者的回憶。結果自腦波的示波器呈現出波的曲度，其鋸齒狀的波紋忽高忽低，差率極大，患者情緒極不平穩自是不待言。

心理醫師從旁驅策患者自由聯想，經過爲時甚久的掙扎，患者始終反覆幾個零碎不連貫的單字：比如天空、深淵、黑色大鳥、日影、水波……

天空、深淵；黑色大鳥、日影……水波……，席的末端，那個實習醫師底年輕的額頭，爲之敷滿了遐思。

闔上病歷，院長環視他底下屬：「以上就是S精神病院供給的全部資料——是書面的。我再把我個人和患者接觸的感想告訴你們。」院長回憶著見到患者的光景：

「他像是驚恐過度，情感受到很大的撼動。在病房裏，老是把自己縮蜷在一角，對著牆壁不停的發抖。看起來他很頹喪，也十分瘦弱，一點點的聲音都會嚇壞他。

「我上前輕輕招呼他，他受驚似地轉過頭來，雙手緊緊捧住胸口，眼神渙散的看入我的方向，跟著表情一下變得十分悽惶，好像——」

席的末端，那個一直沉默的年輕實習醫師，突然接下說：「好像有什麼東西在他的胸腔碎裂。」

「唉！看他這樣抖啊抖著不停，真是無可奈何呢！」像被一下觸動了，院長做結論的語調踴躍著激情。擱在桌上的雙手彼此相互捏著，唇邊那幾道皺紋，映著日光燈慘白的光，把他的悲苦格外誇張出來：

「潘地霖，這個不幸的病人，一星期之後，就要住進我們的醫院了。他需要我們去幫助他，減少他的痛苦。可憐他已經心力疲竭了，還要不得不重複顫抖的動作。他好比撲燈的蛾子，向著火花亂撲……而我們——精神病的醫療者——我們能解決的問題是多麼的有限呵……」

……

那個實習醫師的狂想之一——一則神話

攤開東部開發時期的地圖，依丁山尖尖的峰頂，被圈畫了一個惹眼的紅色危險記號，把它列爲開發過程當中，最爲險阻的一站。

突然某一天，一座鐵索吊橋，幾乎像是雲層之上的一道彩虹，悠悠地懸掛於依丁山的兩個山崖之間。瞧瞧吊橋騰空於深淵之上恬然的姿態，真叫世間人懷疑神蹟曾在這荒山顯過祂的榮光。

這邊，北峰山麓曳下的一片平坡，從被鏟去羊齒草的光禿了的土地，隱約可見出一段公路的雛型。左近各處還留下不少剛開過路的痕跡；曾發揮威力輾碎不馴的石塊的壓路機，此刻被擱棄於不爲人注意的一旁。狀似螳螂的鏟土機和它併排，朝天張著空虛的大嘴，邊緣部分正逐漸爲露水所銹蝕著。

山腳下，風吹不到的角落，錯錯落落地橫著幾個歪斜頹倒的蘆葦棚。棚屋前，燃燒過的栂木灰燼堆似的聳起，著實令人感到異樣的心驚。曾經在這兒營火的開路工人已不知去向了。

觸目所及，儘是四季鮮有變化的枯索景致，以及不帶一絲活氣的荒廢。新開的公路一直盤繞過那邊的山腳下，像一條灰白的臍帶，寂寂延伸向未知的彼端。是秋季枯萎的某天黃昏，潘地霖偕同他的衣服斑駁的漆工夥伴，由工頭呂昌領先，出現在路的那一端。

暮色逐次加深，鏟去羊齒草的土路突然變得閃紅，呈現出奇幻的紅色。呂昌率領這羣油漆工人，向著吊橋的方向踽踽前來。彷彿回溯到歷史的開端，盤庚帶著他的子民遷徙。在落日的荒野，他們像蟻群似地挪移，尋覓落居的所在。那時候，盤庚和他的子民，想必也是迎著這樣大幅的、悲壯的天空吧？

這羣人是來漆橋的。可是沒有人去看那吊橋一眼。過重的漆橋工具扛在肩胛上，像負荷一具套入脖子的刑架，使他們不得不俯垂著頭，默默趕路。開發公路的這幾個月以來，他們繼建築橋樑的土木工人之後，扛著漆桶，沿途油漆一座座橋。

潘地霖，這個襤褸長身的漢子，離開他南方的小村，雙手插在褲袋裏，跨著行列一站又一站遊盪著、旋轉著。

他們來到山腳下，風吹不到的角落。

「又來到了一站了。」一個沒精打采的低音嘟囔著，其餘的人緩緩卸下肩頭的負擔，挺了挺壓彎的脊骨。

「這荒山，鬼影子也沒有一個……」

年老的漆匠自褲腰間摘下酒壺，仰起脖子灌了一大口酒，然後他慢吞吞的回頭，四處望了一眼。

「附近沒有住家，人全死光了吧？」他詛咒道：「是傳染病嗎？」說著，疲倦的蹲下來。

沒有人再作聲，酒壺被一個個輪流傳過去，每人喝了一口，隨後也都慢慢的蹲到地上來，聚成一堆。

工頭呂昌休息一般的靠壓在離漆匠不遠的一顆岩石上。荒山單調的景色，虛漲著一股迫人的濃沉，他把眼睛睜得很大，倚靠著岩石，閒散中感到煩悶的痛苦。

於是，他抬起他底短腿，去撩撥地上墳堆似聳起的桴木灰燼，經過這一踢動，一團灰白色濃死的煙塵便使勁揚了起來，風把它帶過去，蒙住漆匠們的頭臉，使他們看來，像荒寒的沙漠裏，一羣包白頭巾，蹲聚一起的，陰鬱的遊牧民族。

那鐵索吊橋，以永恆的靜止姿態，悠悠地，幾乎是躺在雲層之上。

誰敢上去漆這座吊橋？

工頭呂昌仰臉凝視它。「誰敢漆這座吊橋？」他叫道，聲音充滿懊惱。

漆匠們徐徐抬起眼皮，盯住那高不可攀的吊橋，不由得沮喪起來。「太高了。」他們曾經合力沿途漆了四十幾座橋，眼前這分超出想像之外的光景把漆匠們擊垮了。

原本朝向深谿自語的呂昌，猛地回轉過來，他猖猖然對住漆匠們的臉。

「你們——你們這一大羣，有誰敢，誰敢上去漆這座吊橋？」

他瀕立於深谿的邊緣，風帽蓋住他的雙耳垂至肩上，防雨的黑色斗篷鼓滿了風，使他晃擺不定。他像一隻振翼欲飛的黑色大鳥。

「誰敢漆這座吊橋？」

漆匠們全無奈地默默不語，但似乎每個人都爲自己的沉默感到無限憤怒。

工頭呂昌像洩了氣一般，張嘴木立在那兒。

山風追趕著沉重的晚雲，不知藏在林叢何處的瀑布，嘶聲地流瀉不止。

「流浪漢，你敢嗎？」突然間，呂昌的手指向潘地霖。他發現潘地霖是唯一站著的工人。在灰暗的天籟底下，顯得很高，也很刺眼。

「你敢嗎？敢上去漆這座吊橋嗎？」他逼近潘地霖，帶著一對盛氣十足的眼神。

潘地霖一下感到喉嚨燥渴了。「吊橋懸得真險。」他向自己微語。

「害怕嗎？流浪漢。」呂昌繞著潘地霖疾走，風撲拍著他鳥翅一般的黑色斗篷。

輕蔑地冷笑一聲。「太高了，你沒膽量上去的。」他說。口氣極爲決絕。

吊橋四周的黑色鐵索，全繃得緊緊的，一如這時潘地霖一條條緊張得很的神經。

「吊橋一共有一百二十公尺長，」呂昌自一個圓盤裏扯出長長一截測量尺，「聽著：一百二十公尺。」他反覆道。拉扯那截有伸縮性的測量尺，如同把玩毒蛇的黑衣魔術師。

「知道嗎？吊橋跨在兩個山腰間，海拔二千公尺。」說著狠狠把手一揚，測量尺從測盤閃飛出去，像吐信的毒蛇，猛向潘地霖的右臉頰撲去。

潘地霖把頭往側裏很快一偏，躲過這突擊。他捏緊了藏在褲袋裏的手。

工頭呂昌望著他，先是一怔，隨即縱聲狂笑起來：「流浪漢！你膽子也真小啊！呵呵！」蹲在地上的漆匠們，也附和的笑著。由於厭悶，他們爭相發出很響的笑的聲音。

「不要光火，老兄，」一個跛腳的漆匠，懶懶地走近潘地霖，他顛起殘廢的左腳，拍拍潘地霖的肩膀，像攀著一棵過高的樹。「不要光火，老兄。」跛子懶懶的說。帶著疲乏的喘息，晃回原來的位置，重又和夥伴們蹲擠一堆。

「流浪漢？──媽的，你還配像個流浪漢？」呂昌不屑的朝地上吐了一口唾沫，嘴角因鄙夷而往下搭落，「喂！孫子，去向老天借膽子，說不定真敢上去漆橋呢！哈哈！」

「去！去向老天借膽子，快去！」他發狂似地猛推潘地霖。

踉蹌地撲前幾步，好容易才站穩。「別逼我。」潘地霖乾燥的聲音說。

「工頭，別爲難他了，放過潘地霖，就算他膽小。」

解圍的是一個中年的褚衣漆匠。

「他不會上去的。」一個快調接上來。那是年紀最輕的小漆匠：「我打賭他不敢爬那麼高。」

蹲在年輕漆匠旁邊的那個人，咧了咧灰撲撲的一張大臉，惡毒的撇嘴說：

「他不是什麼流浪漢，他老婆不要他，被趕出來的。」

「哇！被老婆趕出來的？有這回事？」不知是誰故作吃驚的嚷道。

「怎麼，真是這樣嗎？這就是潘地霖？」

灰撲撲大臉的那個人無情的肯定：「真的，這就是潘地霖。」

「娘兒們，媽的。」

抽旱煙的老漆匠，噴出一口煙，撫摩著膝踝，淫邪的放低聲音：

「娘兒們，媽的。」

像被觸動什麼似的，這群在荒山中蹲著彼此取暖的漢子，怎麼也安定不下來了。他們彼此推來擠去，甚至做出種種醜態：「潘地霖，老婆不要你，你真不幸呢！嘻嘻！」「潘地霖就是這樣的。」

灰撲撲的那張大臉撕扯著潘地霖的忍耐，他痙攣的跳了起來。

「不要光火，老兄，」跛腳的漆匠懶懶走向他，把酒壺勉強塞入潘地霖的嘴裏。「不要光火，老兄。」他喃喃。

隔了半晌，潘地霖困難的吸了口長氣，他以左腳和右腳輪流站著。

「你果真沒有勇氣，想上去吧，可是又不敢。」工頭呂昌仍不輟的轟擊他。

剛剛嚥下的酒，開始在周身遊盪起來，潘地霖的眼睛突然閃著光，他躊躇向前走了幾步，之後就一直走去，和呂昌面對面。

兩人對立凝視了半晌。

「難道你真想上去？你想充英雄嗎？」從夥伴們那兒傳來忍不住的、緊張的大叫。

對立著的兩個人繼續僵持。

夥伴們的叫聲緊接著轉爲焦急：「潘地霖，你真要當英雄？」

一剎那間的感應，喚起了潘地霖。

「這吊橋——我來漆這吊橋。」

聲音從潘地霖挨得緊緊的牙齒縫間溢出來。太陽穴的兩根血管充滿了血，他感到他的這一生彷彿就是爲這一刻而活。

轉黯的天空呈現一片莊嚴。

那個實習醫師的狂想之一——潘地霖的獨白

第一日

下過了黎明時分的那場晨雨，一反深山晚秋所習見的陰溼，天空現出一片透亮。一切似乎在看不見的太陽底光彩裏融化了。這等暴晴的天氣，陽光使依丁山的羣峰浸漬於反常的亮麗之中，景致是罕有的美，卻美得不很真實。

我——潘地霖，裹了一片光華的氛圍，開始了漆橋的第一日。

能夠這樣地握住濡濕油漆的刷子，對住橋底大筆大畫的，任由我使勁揮刷，眞是感到痛快淋漓。

一個漆橋工人如我，就憑一雙手，一把刷子，僅需要幾天工夫，就能把暗無顏色的一座橋來裝扮起來，讓它以另種嶄新的丰姿出現，這可真奇妙著呢！

吊橋像昨天一樣——或許一直即是如此——它帶著異樣的安靜，恬然跨躺於兩個山窪之間。剛剛我緣著鐵索與壁攀爬上來時，甚至也沒有驚動它一點點。這種異樣安靜的姿態，彷彿具有某種意義似的，致使我沾著桔紅色的漆刷它的身體時，也禁不住想從它尋出一絲道理出來。

然而我是那麼不善於思索。耗了幾近半個早晨，我一無所獲。風從山谷鼓卷然後竄上，迎面狠撲向我，我整個人因之不得不隨風勢而往後仰。每當這時，瞇眼看去，吊橋在我後傾的角度中，蹬上板橋，一階階可通往天堂。變成一座倒放的天梯。

或許是酒醉產生的幻象吧。吊橋怎能成爲天梯？哦，我確實喝多了酒。

早晨臨上來漆橋之前，跛腳漆匠看我對吊橋出神望了好久，他遞給我酒壺。

「唉，喝點酒定定心吧，太高了，老兄。」依然是懶懶的，漫不經心的。

我接過酒壺吸乾了最後一滴酒，隨手空了的酒壺往下一拋，它滾落懸崖，碰響崖壁的回音縷縷不絕。
像是永遠觸不了底呵！我想起我的一個夢：夢見無邊的闇黯中，自己墜下閉幽的深谷，無止境地一直往下墜……下墜……
我全身一凜。分辨不出是發酒寒，抑或是恐懼。
「罷了，潘地霖，別上去漆橋了，看你兩腿直打抖呢！」
工頭呂昌也說：「流浪漢，我放過你，只要你承認你膽小。」
我不大肯定地搖頭，撇下他們，向吊橋的方向奔去。酒徐徐使了力，微醺令我的足步顛盪如獸……
直到用皮帶繫著鐵鈎，把自己懸掛於深淵之上，薄醉的醺然還使我類似騰空的感覺。
可是，我愈來愈熱愛起我的漆橋工作了。桔紅色的漆流緣著我手裏握的刷子，一寸寸飛快淹沒著橋板，猶如日之光輪緩緩輾過一般。一陣虛榮的快感漲滿了我的胸口。
「給你三天時間。」工頭呂昌昨晚說。
「不，我需要七天。」
「只能給你三天。我們越過吊橋，到那邊等你。」
從日出以來，一股奇異的活力在我的血液奔突不已。只要這股亢奮的熱情支撐我，讓我持續不輟地工作下去，三天的期限想必是太夠了。
日之波流搖晃著，發出如音樂流瀉的輕響，色彩繽紛的山谷鍍上白光，造成了谷裏陣陣美麗的騷動。太陽，它有腳呵！這一瞬間，偷偷駐足於我正油漆著的這截橋板，一眨眼工夫，便又跳躍著，跨上前面一截去了，不知不覺中，這道迤邐的白光竟在蠱惑著我向前。我把工作的速度加到最快，去追逐橋板上的日影，我狂妄到想和太陽賽跑……

孩提時候，盲瞎的老祖母，睜大兩個窟窿樣的眼洞，總愛反覆她唯一記得的故事：

「……夸父族的人住在北方的大荒中，他們每個人耳朵上掛兩條黃蛇，手裏也握兩條黃蛇……有一天，一個夸父族的族人，突然做了一件傻氣得很的事，你想得到嗎？他居然要去追趕太陽，和太陽賽跑……結果，在大大的原野上，他提起長長的腿，風一樣快的急馳，向西邊太陽追去……」

第二日

整整等了一個上午，我等待日出。

這樣陰悒的天氣，時間靜止，周圍是一片空虛的緘默。山谷充塞著不安，深淵底下——大地的盡處——除了灰濛濛的樹葉叢，再也區分不出別的顏色了。岩石滿含著霧氣，因之腫了起來。沉重的低氣壓，濃郁的草腥味壓迫著我，我胸中濡濕著脹疼。

陰霾要到什麼時候，停止了它的膨脹，才使陽光得以突破穿出？

我等待日出。沒有陽光，吊橋的橋板無日影，我失去了工作的情緒。

昨天，我真是奇蹟的創造者。二分之一的吊橋被我染成桔紅色。清晨從睡夢中醒轉，天還濛濛亮，走出帳篷，看見迷失於朝霧裏的吊橋，有一半隱約泛出桔紅的色光。我好想找人大聲說話。

「不需要三天，看吧，今天我就把它完工了。」熱切地凝視著我的雙手，「就用這個——這兩隻手。」

那時刻，我感到誇耀的迫切需要。可是夥伴們全走光了。

「我們過橋，到那邊等你。」呂昌亮出三個指頭，在我的鼻前晃了晃，「只有三天，記住！」

不要三天，這期限太長了。我扯開喉嚨高聲喊。四周靜得像死，陰翳在山谷裏醞釀不息。我向空氣發話，這畢竟是可笑的。

如是呵呵笑著，爬上崖壁，一路笑啊笑著來到吊橋中央。想到昨天日午時分，呂昌帶領夥伴們，一邊過橋另一邊草率的漆著橋面，那時橋上步履雜沓，震得四處轟響，好不熱鬧，而現在，僅剩我一個人，懸在視線寬廣的，不著邊際的吊橋中央。這偌大的空間給我陡然空曠的感覺，卻使我笑得怪寂寞的。

天空一片鉛灰色，蕈狀雲壓住山頂，風不帶勁地吹拂。我的第二日的漆橋工作為守候陽光出現而進展得十分緩慢。我已為守候的終結必然落空而不耐起來了。

有風、有雲，蒼鷹沉穩地自谷底騰起，它俯臨山窪，盤旋了幾圈，便冷漠而又尊嚴地飛走了。緊接著我看見一隻黃色的漂鳥，幾乎要被風吹倒似的，像一片沉重的羽毛，跌落吊橋的方向，在交錯的鐵索之間陀螺一般飛轉，做著突破重圍的努力。

一如漂鳥受困囿，我發現現在的處境更是不堪。一仰臉，無數黑色繃緊的鐵索包圍我，像陡然撒開的一幅蜘蛛網，自四面八方團團將我罩住，而我置身吊橋的中央，人整個懸空，前、後、上、下全然一無憑靠的擺盪不定。

我渴望逃離，自牢牢盤纏我的蜘蛛迷陣中掙脫出去。山谷開始傳來不安的低語，細小的蟲類喧嘩著，一陣風來顫動著吊橋鐵索，像一根根有生命的觸鬚，猛向內一縮卷，然後緩緩向我盤繞過來，伸出千百隻爪掌，欲攫獲我，以至吞食我……

我燥渴得厲害，汗水濡濕了我的頭髮，膩濕的感覺格外令我的腦子昏暈。團轉折騰於千重束縛，無奈的置身如許錯綜繁複的鐵索圖陣，我懷疑自己僅是一小點，且頃刻之間就消失得無影無蹤。

讓我下去吧！我要踩到地面上，我要放棄漆橋的工作。

「呵呵！潘地霖，早知道你會下來的。」

呂昌將站在谿岸等我，像一隻黑色的大鳥。

倏然間，猛抬起被陰天所麻痺了的手臂，我對著吊橋不顧一切的揮刷起來。一滴油漆落到臉頰，我用袖子抹掉它，再一滴，沒等我拭去，又是一滴……油漆很快流了我一臉，像來不及拭去的氾濫的淚水——桔紅色的淚水。

我自心坎打了一個森冷的寒噤，顫抖於再也難以辨識自己的恐怖。

我想臨流，俯看自己變形的映影，哪兒有水面呢？

第三日

我覺得厭倦了，一切都只爲了表演。

「誰敢上去漆這座吊橋？」

我足步顛盪地向呂昌走去。

夥伴們嘩然。「你要當英雄嗎？潘地霖。」

酒的力量成全了我，我果真上了吊橋。

當時，我好受不住夥伴們那種古怪而凝聚的眼神，他們的盯迫使我心慌。一股逃避的衝動，我舉步向前，將他們拋在後面，自己躲到吊橋的底下。

而在第三天的日午，即將終結我漆橋工作的這一刻，我深深後悔了。想像自己終究不過是個被別人用線牽動的傀儡罷了。我已經累得不能再表演了。

然而我還是得抬著一副塗漆的面具，乾燥的風撕扯我面具後的皮膚，那一陣縮緊一陣的感覺使我猶如受著凌遲之苦。這是顫抖於無法辨識自己以外的另一種大懼怖。

依丁山的日午是籠籠統統的白，許是我心神恍惚的緣故吧！視線以內的風景在煙白中失去輪廓，一切變得空洞而且茫然無邊。我開始失去重量的感覺了，彷若在大氣層漫步的太空人，整個的我是逐漸虛浮起來……我想抓住點什麼，甚至是一絲風力。

似乎是懸在天空當中的太陽在加速迴轉，水波在咧嘴笑著，笑紋無窮地放大著，我身體失去重心，眩暈了起來了……

遙遠的那段日子搖過來，搖過來，記得我曾是個埋水管的掘路工人。在大都市喧鬧的中心要道，車子呼嘯而來，人羣呼嘯而過，我拼命向下挖深，把自己容納於窄窄的土溝，真是安全呢！

恍恍惚惚，我意識到現在是吊在荒山的半空中，俯臨地球的表面，遠離人羣，大地在我望不見的底下，我無法企及……

喔，對了，吊橋既是一具倒放的天梯，我可以緣著它一步步走下來呵！我不敢奢望一階階上去而至天堂了。

我稍一移動，周身立時晃搖如船。剎那間，感覺到自己不斷地在膨脹、腫大，同時又覺得自己是不斷地在縮小、縮小……我閉起眼睛，雙手緊緊捧住胸口，屈曲著雙腿，任由膨脹或縮小的感覺淹沒我，我已是身不由主了。

哦，既然吊橋是一具倒放的天梯，我要緣著它一步步走下來，我渴望重新登上地面，我已倦於這種無休止的騰空晃搖了。於是，奮力的舉起雙臂撲向前，我掙扎著，想費盡殘臏的全部力量攀過另一截橋板，我不懈的努力著……可是，儘管我像鯨一般在大海中拼命游動，卻始終無法向前挪移一寸，腰間的皮帶牢牢拖住我，令我動彈不得，我只不過是徒勞地做著掙扎的動作……

終究，我是個被人用線牽的傀儡，擺盪於深淵之上，一無依歸，既然這就是我，那麼讓我把自己扮演成一個更逼真、更稱職的傀儡吧！我放鬆了屈曲的雙腿，四肢僵直的垂下，然後開始打起秋千，前前後後甩盪起來……

治療師看世界

施以諾

讚美，是聽覺的維他命

有一對姊妹，姊姊從小長得很普通，妹妹則自小長得亮眼活潑，看起來就是個陽光健康的漂亮寶貝；是以每當兩人一起出現時，妹妹向來較能獲得眾人的目光。到了交友年齡，相對於姊姊，妹妹總是身邊的追求者不斷，好不風光。

幾年以後，兩人都各自結了婚，也都不約而同的以家庭爲重。過了數年，兩人又一起現身在某個場合，但卻完全顛覆了眾人的印象。原本過去較不起眼的姊姊，變得氣質高雅、談吐大方，且年輕了不少，而那位原本給人亮麗健康印象的妹妹，卻顯得面容憔悴，看上去比實際年齡大了好幾歲。

有她們的姊妹掏私下談到了她倆的狀況，姊姊嫁了一位平凡的先生，她先生雖沒有出眾的外型，但卻總是很愛稱讚她，婆婆也總是誇獎她；妹妹亮麗的外形，雖讓她嫁了一位帥老公，但那位帥氣的酷老公則較吝於讚美，他原生家庭雖不壞，卻也是個喜歡聚焦於討論人缺點的家庭，讓過去那萬人迷的妹妹嫁過去了以後好不能適應。

過去這對姊妹若一起站出來，妹妹總是較能吸引眾人的目光，但幾年以後卻是狀況互換，甚至讓久未見面的人誤將兩人給認錯。讚美，對當事人長久下來所能造成的影響何其大矣！

這不禁讓我想起日前瀏覽一些醫學文獻時，拜讀到有幾位日本學者在二〇一六年所發表的研究，他們從腦科學的觀點去探討「讚美」這件事對當事人的影響，結果發現相對於常聽批評的言語，給予兒童、青少年一定頻率的稱讚，將有助於其腦部中掌管同理心與情緒控制的部位之發展。這對一個人的心智健康是很大的助益！

如果要我爲本文開頭那對姊妹的故事，以及上述該篇醫學研究做個綜論，我會說：讚美，猶如「聽覺的維他命」！人如果適時、長期的聽到讚美的話，猶如服用了維他命那般，可對其身心健康產生助益；只不過這種維他命不是用吞的，是用聽的；不用爲身邊的人花錢去買，只要我們願意適時的向身邊的人開口。

讚美，是聽覺的維他命！多讓您所在乎的人聽到您對他的稱讚，對他的身心健康將產生您所意想不到的正向影響。

有種眼疾叫「偏見」

曾經聽過一個故事，說到十幾年前有個華人到美國去洽公，經過一片草坪，看到有幾個美國白人坐在草地上嘻笑、談天，便欽羨的說：「這真是個自由、民主的國度，看看這些人民多愜意呀！」之後他們又走過一個公園，看到有幾個黑人在公園裡，他便對隨行的人說：「你們瞧瞧，黑人就是這樣！一大早竟待在這裡，不好好去工作。」同樣的場景，他卻因自己先入爲主的既定印象，而有截然不同的解讀。

在這個世界上，有種眼疾叫作「偏見」！我們會否已習慣於膚淺的以我們過去的既定印象，來套用在每一個我們所見的人身上？比方說想從商的人一定現實？想進軍演藝圈的人一定虛榮？內向寡言的人一定憂鬱？身材胖的人一定比較懶散、無智？滿口經文的人一定比滿口粗言的人心地高尙？畢業於排名不佳學校的人一定能力、品格也較差？我們會否都忽略了應以更全人的角度，來更客觀的依其整體價值來看待一個人？

而「偏見」這種眼疾，恐怕有不低的盛行率，且在各大醫院的眼科門診無藥可醫，唯有當您我肯靜下心來謙恭自省時，方有可能矯治這樣的心靈眼疾，讓自己看見更全面的東西。

現代醫學可以醫得好斜視，但卻醫不了偏見，倒是《聖經》上對於治療偏見有個治本的藥方，說「要存心謙卑，各人看別人比自己強。」這裡所說的看別人比自己強，並不是自卑的「看別人樣樣都比自己好」，而是謙卑的多去「看到別人比自己好的部份」，而不是只看到別人礙眼的部份，然後把那些你認爲礙眼的部份給無限放大！進而否定了他整個人。

有種眼疾叫「偏見」！您怎麼「看」人？您評價一個人的方式客觀、正確嗎？其實偏見的真正病因是驕傲！因爲驕傲帶出膚淺與論斷，進而才形成偏見。願我們都能看別人比自己強，學習多去看別人比自己好的部份。

——出自《喜樂，是一帖良藥》，施以諾著，主流出版有限公司出版

童仔仙

李筱涵

我記得，有一個版本是這樣。那年夏天，母親穿著一身市場隨處可見最樸素的那種棉質寬鬆孕婦裝，大腹便便，緩緩移步前往正裝潢到一半的家屋現場。據她說，那是監工。六月盛夏溽暑，我那極度怕熱的母親，竟甘願揮汗如雨，窩在木屑隨電鋸聲四散飛揚的施工現場，見證客廳隔板一一按照設計藍圖生成現在的模樣。噢，略有霉味的木台當時仍亮麗如洗。木工師傅手勢俐落明快的拋光，層層磨亮我們對未來的想像。

新居入厝時，陽光穿透玻璃窗的紅紙，灑落一片艷紅。我還沒來得及習慣房間那股新漆的氣味，我妹就突然來了。甚至等不及我爸從外地工作崗位趕回，母親撐著豐腴身軀站定在講台，強忍腹肚翻攪間歇疼痛，等，那個遲來的下課鐘聲。（光想到每個月的子宮痙攣我就不得不佩服我媽）也許有昏厥，總之，她被一干嚇壞的老師簇擁著，手忙腳亂給送到醫院。推進手術房當晚，命運隨著我妹墜落人間，她沒有哭聲，嚇壞我們。無言以對，是迎向命運的初始。

自從妹妹出世，我才知道，每個人的時間軸有時差。

有些人，看似過著與常人一樣的生活，其實早被遺忘在未曾前進的時間裡，像活化石，仍如常呼吸。說白了，不過是徘徊在十歲前後的狀態，週而復始，過著節奏如常的日子。

彷彿不那麼好也不特別壞，肉身有些細胞依然成長老去，她的身體時間無間斷往前，心理時鐘卻從來沒跟上節拍。旁人總是問她的心智年齡，大概三歲？五歲？或許十歲有了吧？提問者總未意識到問題本身有多荒唐，我們的肉身歲數或樹木年輪何曾探知靈魂感知？然而在世俗醫療制度裡，循環似的檢測就是如此安放我們的認知。依照「魏氏智力測驗」，治療師抽起一張卡牌，像童蒙教學後的考試；詢問她關於數字、顏色還有其他看似簡單，但我也不確定是否只能這樣回答的問題。醫院的診斷書像粗糙的解答本，我總抗拒接受它宣判妹妹的狀態，無論重度、中度還是輕度，生活的障礙怎麼會有等差？

因爲腦中語素的缺席，她說不了太多話。又或者，總是說話的時候，我們接不住那些失序的聲符。只能在她憤怒的情緒發洩裡感覺到一種失語的沮喪。下垂的眉眼，可能掩藏了更多秘密。然而，這個秩序如此緊鑼密鼓的世界；失語，會不會反而是人生更好的狀態？

有時，我仍不免會想，怎麼會這樣？

人生苦難從來沒有什麼原因，突如其來。馬奎斯筆下，那只是來借個電話的女人早已幫我們透視醫療體系的荒唐；她一生最大的苦難，來自那一瞬間跑錯了地方。哪裡出錯了呢，我們的人生。是不夠勤快早起跑遍醫院，掛上已排定幾個月後的罕見疾病門診？還是上輩子做錯了什麼？可能我過早體會無解的徒勞，突然覺得不知道確診病名也未嘗不好。坦然接受某天你就是必然與她連上血緣之線，日子也繼續流淌過去。但終究是懷胎十月之故，我輕易越過的那些，卻緊緊牽絆著娘親。臍帶輸送的情感總比手足體己得多，橫豎跨不過的這道檻，像胎膜層層張開一道道幾世因緣的羅網，網住母親從現實掉落的心。螢幕上說法的師父們變成一根根浮木，苦海浮沉，看似每個漩渦都道盡你意外苦難的人生。我想起封神裡的哪吒，出生時生作一團肉胎，相貌醜陋而被父親嫌棄爲討債鬼。父親總是在接受這件事上，比家族的女人們更遲緩一點。母親則從土地公廟拿回一本本善書，早晚絮絮叨叨，關於那些不在此世就在來生的冤親債主的追討與償還。

彷彿遙遠的神話。

哪吒也是不長大的，然而周圍親人卻苦不堪言。

那鍥而不捨，雙腳勤於奔走在廟宇間的母親，在念經、參拜與魚鳥放生的儀式裡，屢次展現她生命絕佳的韌性。我幾乎要忘記，在這個虔誠而原始的迷宮裡，她曾是一名國中老師。我一度以為啓蒙知識和宗教迷信是一條分向兩頭的路，然則生命不然，胡攪蠻纏才是人生實境。文明理性填不起某種無以名狀的無助罅隙，命運的深處需要有光，才能有希望。

一切驚魂還是來自醫院。

隔著保溫箱與透明玻璃，黑黑一團小粉肉球，緩緩蠕動著。

那是我妹。

醫生說她早產，胎毛還未落盡，頗類猿猴。

（往後某師父說她上輩子是猿猴轉世，而爸媽是惡質的養猴人，因此這輩子該來討債。那我呢？師父說我可能是一旁偷餵他食物的那個憐憫者，所以日後的確每次我妹發怒都朝著爸媽丟東西，獨獨對我挺客氣。彷彿都讓師父說中了，這樣的前世今生？）

原來藍光可以去除黃疸，醫療儀器重新排組了我對色彩對比關係的認知，光照下，纖毛的色澤從黑裡透出肉色微光。一張藍臉，讓人恍惚想起傳說裡的金絲猿，優於人類的靈長類，更多的其實是未知。彼時，我們還不曉得，日後每月餘為她刮除不斷生長的體毛，竟是一場日常輪迴。

日子過得慢一點，也好，沒關係吧，健康就好。我們都接受了這個事實。一直到她二十幾歲，青春少女，年華正盛；慢熟的果子未有戀愛煩惱，身子骨倒隨著充盈的血氣方剛，一日日精實起來。她停格的少女身體沒有月事，極少染上急症，像自足的無菌室。反而是我這個虛胖的姊姊，每一季天氣驟降，動輒感冒暈眩；每月受足女人病翻騰絞腹的子宮侵擾。

屢屢進出醫院、月月吞食藥草的我，和智能發展遲緩但身體強健的妹妹；我私以為這是上天公平的交易。

你選擇健康的肉身，還是正常的心智？

我們姐妹各得其一，已是完足，不然還想怎樣呢？我們終究是凡胎肉骨，無能完整。我後來無聊的發現，無論哪個宗教都暗示著，人爲戴罪之身。人生有缺憾，是無法磨去的罪愆。或許我只是比別人更早一點體認生命的殘缺和它的不可逆瞬間，在我足六歲，剛上小學的時候，變成一個特殊兒童的姊姊，改變我一生的關鍵。

彷彿一切如常，但誰都曉得，一切也非常。

還是在那個儼然如新的大廈蝸居。那天之後，母親開始述說各種自咎的故事。又有一個版本是這樣的。那年夏天，我媽穿著一身你所能想到最樸素的那種棉質的孕婦裝，大腹便便走到我們正裝潢到一半的家屋現場。據她所說，木工師傅當時提議順便修整冷氣架。（她篤定，一定是那個關口跨錯了檻）外婆事後說得信誓旦旦，家裡有孕婦怎麼可以大興土木？鐵則一般的禁忌。婦人懷孕，家裡千萬不能打釘。敲壞床母、驚擾胎神，就會生下畸形兒。

我們觸犯了，鐵則一般的禁忌。

我對這個說法不置可否，如果是這樣，生物課還需要上什麼遺傳學？然而許多年以後，我也對人類用話語建構的生物學感到懷疑，到底一切誰說了算。意外可能是石頭裡蹦出來的吧。悟了這個無常，也就如常釋懷。悟空，原來是這樣。我無所用心的聽著母親訴說那每一個關於母性的禁忌，甚至不曉得爸媽是什麼時候才真正接受事實。可能是度過那個我抱著妹妹，隔著衣櫃聽見隔壁房爭執著誰要跳下去的嘶啞喊聲之夜；窗框被「砰！」一聲摔上，彷彿一切沒事安靜下來，黎明之後，秩序又回到日常。

總是這樣。母女仨流浪在一家又一家有罕見疾病科的醫院，清晨六點排隊掛號。抽血，物理治療，早療，檢驗。好奇，驚嚇，尖叫，憤怒，哭泣。所有的歷程和情緒，一次也沒漏掉。母親是那樣堅韌的女人，硬氣，一肩擔起所有。答案等得太久好像也變得無所謂了，我仍然沒接到台大或馬偕任何一通關於送檢國外化驗的結果。我妹的幾管血液究竟流落在何方，已然變成一大顆時空膠囊，悄無聲息，沉入大海。

最先發聲的醫院，最後對我們無聲以待。

沒有答案的人生，只能一步步走下去。

要面對的難題更在自身之外。

你曉得哪吒爲什麼要大鬧龍宮？他天生就是個愛搞事的壞小孩嗎？讀了《封神演義》我才知道，他就是個孩子。天熱就下水洗澡，沒想到攪亂一池龍宮水。後面一連串莫名其妙的打鬥，不過都是因他防身自衛而起。可是社會卻說他叛逆。他是一個不受法律約束的大孩子。法律可以安放所有人嗎？我記得那時，妹妹的手還小小軟軟，我牽她去社區溜滑梯。至今我仍清晰記得那些童言童語如何攻擊她非常人的外貌。一個眉清目秀的女孩皺眉看著她，一臉嫌棄和身旁的同伴私語：「矮額，好多毛，像猴子一樣的怪胎，竟然還穿裙子。」妹妹當然是聽不懂的，她只是想要有人能陪她一起玩；我來不及阻止她熱切向前踏進那個赤裸的惡意，一個轉身，她被旁邊的小孩一把用力推下去，幸好地上是軟墊，不見血，只有疼痛。我很生氣，要向那個小孩理論的時候，他的家長竟然瞪我，說我們是壞小孩，邊碎念拉走他的小孩，直說不要靠近我們。

小孩的世界有律法嗎？

如果規則都是大人訂的，大人走歪的時候，這會是個怎樣的世界？

這是個怎樣的世界，人情冷暖，還是小學生的我已知道得一清二楚。小孩最天真，大人身上的善惡，如實投映出人性。社會，就是這樣的世界。猴比人可愛得太多，成爲人類，何其扭曲。

十歲以前，妹妹把我拉近人性邊緣，直視它的深邃。心魔相生，對他人，也從自身，出其不意。在我大伯還在世的某年暑假，他曾帶我們姐妹倆去野溪玩水。我坐在巨石上，看著水底扭曲而蒼白的足，看著妹妹的紅色小裙浮在水面展開，像荷花。野溪之所以野，是因爲岩石之下暗流潛伏。越放鬆，越危險。天熱水涼，妹妹小臉粉白，因快樂染上紅暈，灰撲撲的覆毛之下，藕色修長的雙腿擾亂了底苔，驚動魚群。莫不是龍宮有神靈來尋仇？沒人記得是誰先鬆的手，一陣強勁水流拉走了妹妹。從河流中段，像一顆肉球似的噗通幾聲，滾到了下游。遠方傳來母親的驚呼和求救。我無法分辨自己來不及反應的心思是漠然，還是竟然偷偷慶幸了一刻才猛然驚醒，隨著大人們跑到下游，看我那可憐的妹妹。

往後午夜夢迴，我曾屢屢逼近那個童蒙的黑暗時刻，想著，會不會那一瞬間，我感覺到某種姊妹心靈感應的，終於即將逼近那個令人想哭的自由？世人眼裡愚昧的肉身，怎麼能困住這樣一個澄淨的靈魂？假如當時那片裙真成爲水中的紅蓮，會不會用一種形體的消失作爲骨肉相還，從而度化了我們？

然而紅裙終究承接住妹妹的求生之慾。

而紅蓮，雙雙成爲外婆與母親在佛壇之上，日夜供養的，執念。

拔管

侯文詠

神經科的醫師請我們呼吸治療科派人過去會診時，病人已經昏迷不醒了，必須插內氣管靠著呼吸器來維持生命。經過詳細的病情討論以及臨床檢查，我們同意幫忙神經科照顧病人的呼吸問題。

神經科總醫師笑著說：「雖然機會不大，在我們兩科的合作之下，倒值得一試。」可是不到三天，我們合作的保證忽然變得曖昧起來。我相信如果不是那封公文，一切都會很順利。我記得我還沒來得及看完公文，神經科已經打電話來，請我們去「處理」病人的呼吸問題了。

我和呼吸治療科的總醫師一邊走一邊看公文，看得牙齒都顫抖起來。公文上說病人積欠院方十餘萬醫療費，依某某規定，即日起當停止一切醫療措施，請確實執行。

走到病房，就看到神經科的醫師裝得若無其事地笑著說：「拔管吧，畢竟沒有錢是不能呼吸空氣的。」

我看著病人，心裡怦怦地跳，馬上意識到這件事的嚴重性。我們總醫師倒也鎮定，沉穩地說：「恐怕不妥當吧，內氣管拔起來，病人大概拖不過三天。」

神經科醫師看著我說：「反正這是院方規定，你要不要拔看看？」

我嚇得連忙搖頭。總醫師不高興地說：「這本來不是呼吸治療科的病人，真的一定要拔管的話，神經科全權處理好了。」

神經科的醫師誇張地指著自己說：「我們處理？」說著不情願地笑起來，「呵——呵——」彷彿要斷氣的病人。

到了後來我和總醫師只好去向呼吸治療科的主任請示。主任聽了理直氣壯地說：「病人欠醫院的錢，又不是欠我的錢，沒聽說當醫師當到要殺病人的地步。」我聽著覺得真是貼切，彷彿每一個字都是從我的心腹裡掏出來說的。

過了幾天，管理處的公文又重申要貫徹規定，加強行政運作，一定要確實停止所有醫療措施。我們曾經處理過很複雜的病例，但從來沒有碰過這麼頭疼的問題。一整個下午，我們神經科都想不出更好的辦法。主任問：「提供特休假，有沒有人願意去拔管？」大家聽著，一片沉悶，愈發覺得人性尊嚴的可貴了。

到了管理處派人來實地瞭解，我們還看到病人在呼吸器的推動下均勻地呼吸。他的太太在一旁看護，顯得十分疲憊，她苦苦哀求管理人員：「請讓我們寬限幾天，已經在設法了。」

「我很同情妳的處境，但這是規定。」管理人員說著轉身過來問我們：「各位醫師，拔管有問題嗎？」

我們找不出別的藉口，只好說：「法律上恐怕站不住。」

他得意洋洋地反駁：「這沒問題，我們有經驗，法律上認定『自然過程』死亡，與我們不相關。」

我們無法否認他言詞的正確性，可是聽了真讓人厭惡。病人的太太歇斯底里地發作起來，我們不得不過去抓住她，她瘋狂地喊著：「誰拔掉管子，我丈夫做鬼回來抓誰——」

最後是病房的護理長看不過去，她告訴管理人員：「一定要拔的話，你來好了，方法很簡單，只要抽掉氣袖內的空氣，整條管子拉出來就可以了——」

我看見管理人員的臉色一下鐵青起來，「我不是醫師。」他說。

「也沒有聽過蓄意害人的醫師啊。」神經科的醫師告訴他。同時我們也在一旁附和，「對，你可以自己拔。」

我很難形容他離開時那種受驚嚇的神態，「規定要執行，要不然就完了——」他喃喃地唸著。漸漸隨著事情層次的提高，我們甚至期待它的發展。走過病房，看見病人安穩地呼吸著不付費的空氣，好像全世界的矛盾、感傷都在那裡了。

過了兩天，這件事情有了新的眉目。那天下午我看見管理組長拿著一張器官移植捐贈志願書，向病人家屬詳細說明規則：「這是唯一的辦法了，將來可以領到一筆撫卹金，大概足夠償還醫療費用。」

自從病人太太簽了志願書以後，這件事涉及的範圍更大了。外科天天派人來打聽病人的病情，他們說：「這麼大的移植計畫我們當然要謹慎，萬一病人有了狀況，我們要在宣布腦死的同時取下新鮮標本，以確保移植成功。」外科並且使用了高量的抗生素，防止他們所要的器官發炎。

病人的太太似乎並不明白這一切，她向每個去看病人的醫師猛點頭，懇求他們救她的丈夫。其餘的時間她就坐在床邊看她的丈夫，替他擦汗，有時是自己一個人在那裡抽泣。偶爾她的兩個孩子也來了，就抱著孩子哭成一片。

病人呼吸的狀況在呼吸器的協助下一直可以勉強維持，可是神經方面的症狀卻愈來愈惡化，後來甚至發生急劇的血壓下降、呼吸衰竭。我們呼吸治療科趕到時已經呈現不規則的心室顫動、瞳孔放大，於是趕忙展開心肺急救。我記得當時現場一片混亂，病人的妻兒呼天搶地地哭喊，護士忙著進進出出，神經科和呼吸治療科的醫師忙得團團轉，甚至外科的醫師也來了，帶著推床的工作人員，準備病人一宣布死亡馬上推進開刀房取出捐贈器官，立刻進行移植。

各種藥物以及處置仍無法挽回病人的情況，最後我們決定使用電擊器以及心臟腎上腺素注射。經過兩次電擊以及一個劑量的腎上腺素注射，心電圖上仍然一片心律不整。然而就在我們準備放棄，宣布死亡的同時，忽然發現心電圖上出現一、兩次正常的傳導波形。於是再度努力急救，終於讓病人的情況漸漸穩定下來。

我幾乎可以隱約地感受到外科醫師的失望和白忙一場的落空。他們很坦承地告訴我：「爲了爭取第一時間，準備接受移植的病人甚至已經在開刀房上了麻醉。」

隨著呼吸器規律的起伏，我漸漸對自己醫師的職責感到茫然。病人的太太很仔細地告訴我他們夫妻怎樣白手起家。好不容易有一個豆漿攤子，一大早孩子都到攤子幫忙以後去上學。眼看就要擁有一個店面了，可是卻發生這種不幸。現在他們連攤子都頂賣了出去，負債累累，親友們沒人敢再借錢給他們。她哭泣著說：「我晚上睡覺都不敢闔上眼睛，怕一睜開眼睛，明天就到了。明天不曉得會變成怎樣，我都不敢想像。」她抱緊孩子，「至少現在我還看得到孩子和他。」

過了一個禮拜，護理長悄悄告訴我，她們支領的撫卹金恐怕快不夠償付新的醫療支出了。走過病房，聽到呼吸器嘶嘶的聲音，我有種莫名的恐懼，彷彿有什麼無法挽回的事物從那裡流了過去。兩天後，病人再度血壓急降，呈現休克狀態時，病人太太沮喪地拉著我：「醫師，請不要救他了，讓他好好地去吧。」我幾乎無法相信我聽到的話，那時除了醫學的觀點外，我變得不願意再去作任何思考，救活病人是當時唯一的信念。病人太太變得煩躁不安，他的兩個孩子則害怕地抱在角落緊縮。她幾近瘋狂地去阻礙我們的急救。可是爲了救活病人，我們不擇手段地採取一切行動。就在那一刹那，病人的太太幾乎要崩潰掉，我們也屏住了呼吸期待心電圖上的變化。

這一切忽然凝結起來，小孩子也停住了哭聲。病人太太變得平靜得嚇人，她沉穩地說：「請你們同情孩子，他們還需要錢活下去，接受教育。我相信孩子爸爸會瞑目的。」也許是她那種莊嚴的語氣，我們幾乎都愣住了。

隔天清晨，我們依例拔除病人身上所有的管子。

或許爲了平撫我的不安，總醫師淡淡地問我：「你知道『射馬』的事嗎？」

「射什麼馬？」我說。

「跛腳的馬。」

「跛腳的馬有什麼不好？」我問。

那時外科早已把病人身上的眼睛和腎臟都取走了。我一直在期待回答，然而我們的對話並沒有持續下去，無言的沉默變成我們共同的默契。

——出自《侯文詠短篇小說集》，侯文詠，皇冠文化出版有限公司

誰該被派去非洲

連加恩

親愛的兒子：

當爸媽以前，我只知道當孩子的心情，孩子們不喜歡爸媽拿自己和別人比來比去，現在自己當了爸媽才知道，天下父母心——從出生的體重、身高，還有雙眼皮的角度，就已經開始了這場一輩子的競賽。

當你出生第三天，爸媽把你接到坐月子中心，看你和其他「同學」一字排開，探望你的親友就忍不住拿其他的寶寶指指點點：「你看這一排還是我們的比較可愛！」「你看那個是誰家的怎麼那麼黑？」等等。

有一次，我不經意的聽到你隔壁床小朋友的爸爸和親友聊天，他指著你說：「天啊！爲什麼他的頭比我們的大這麼多？」

親愛的兒子，爸爸答應你：盡量克制自己不要老是拿你和別的小孩比較，就算爸爸愛和人家比較，我會放在心裡比，不會像那位爸爸，還大叫出來。

雖然，等你大一點去了學校，爸爸一定會要你好好念書，考試後，也會忍不住問你其他人考幾分、在班上排第幾名之類的問題，老爸其實很清楚，這些東西真正影響人生路的程度並不大；持續的努力、擁有好的品格、充滿上帝恩典的際遇影響才大。其實很多數字，好比你的出生體重、頭圍，現在看來也不過是親友們聊天的題材，或拿來耍嘴皮子用的啦！

上帝給你的這個人生，就是最獨特、最特別的，你有自己的路要走，天底下有六十幾億人，每人自成一格，該怎麼比？如果真的要比，爸爸告訴你，其實你的頭也沒有很大啦！

但是，如果你不小心和人家比較了、發現自己什麼都贏人家，那代表你的責任更大了！爸爸在非洲的許多朋友，沒有聽過什麼叫做「坐月子中心」，他們的孩子一出生就睡在泥地上的草蓆，罩在蓋剩菜剩飯用的防蚊罩裡，爲了躲避瘧疾的威脅，孩子長到五歲以前，他們不敢宣稱家裡多了一個人，因爲隨便一個傳染病就可能奪走他們的性命。

說真的，如果你比老爸非洲朋友的孩子們更聰明、更會考試或更有學問，爸爸一點都不會感到意外，上帝給你比較多一點，就是要你多付出一點。這些被你「比下去的人」，都是你的責任範圍，你要用上天給你的才能，去做一些事情幫助這些人。若用這個角度出發，爸爸就可以要求你好好念書了，目的不是爸爸可以拿你的成績單，去和我朋友們的孩子比較；而是你被賦予了使命，用你的專業和貢獻去改變你所在的世界，讓那些沒有你幸運的人，可以過得更好。

奉獻一生給非洲的史懷哲醫師，小時候也很愛比。他比什麼呢？「比武」。

有一次，他和鄰居的孩子打架，獲得壓倒性的勝利，那個打輸的孩子說了一句不服氣的話，改變了他一生，他說：「如果我像你家一樣，可以天天吃肉，我就不會輸給你了。」這話讓年幼的史懷哲察覺自己的優越和優勢，都是建立在上天所賜的福氣，而不是他自己有什麼了不得。當他進一步去思考：上帝給他如此幸福的成長背景、順利的求學過程和不凡的天分之目的爲何時？他決定把自己奉獻給非洲無數可憐的人，來活出那一個目的。

親愛的兒子，老爸常常覺得你實在很幸福，你們這一代的人都是，我告訴你這個故事，是希望你不需要等到和鄰居打架，才發覺這個道理。下定決心服務人群的史懷哲，在完成了醫學、神學、演奏學三個博士學位之後，才踏上前往非洲的旅程。每次，當老爸受邀作非洲服務的相關演講，之後的Q&A中，年輕學子最常問到的問題就是：「現階段的我們該如何準備，才能去第三世界服務？」有時，他們眼裡還閃著真誠的淚光，讓我實在不知道怎樣回答，才算是夠慎重。

直到一年聖誕節，在台北市政府廣場有一個盛大的晚會，現場集結了五千多位民眾，在電視實況連線之下，我被邀請作短短的分享，當我拉拉雜雜的講完要下台時，主持人「黑人」（他是藝名叫黑人，不是真的黑人），忽然讓我措手不及的說：「那最後請你跟大家講講，要加入你們的非洲工作，需要具備什麼條件？」看著手錶，我只剩一分鐘可以回答，我隨口答了一句：「只要覺得自己很幸福的人，都可以去！」就下台了。

我想講的是，攔阻我們願意幫助別人最大的心理障礙就是：「『比』起別人，我還不夠幸福！」的想法。

小學老師告訴我們：「不要成爲手心向上，而要成爲手心向下的人，因爲向下是給，向上代表乞討。」如果我是小學老師，我會講一句相反的話：「大家要先學會成爲一個手心向上的人，當你把手心朝上，可以感覺到自己是一個幸福的接受者，不斷從這個社會、國家、爸媽、老師、校長和上帝那裡領受愛的灌注，那麼，你就可以把手心向下翻，把福氣分享給其他的人。」

孩子，你要先體會自己是一個幸福的接受者——「知道自己從上天白白領受恩典」，然後分享你所領受的福氣給人。上帝會給你更多，你就越有力量幫助更多的人，這是一個良性循環的迴路。這種情況下，你更不需要比，「You got nothing to lose!」——在人生這件事上，你只會越贏越多。

將軍碑

張大春

除了季節交會的那幾天之外，將軍已經無視於時間的存在了。他通常在半夜起床，走上陽台，向滿園閬暗招搖的花木揮手微笑，以示答禮。到了黃昏時刻，他就舉起望遠鏡，朝太平山一帶掃視良久，推斷土共或日本鬼子宿營的據點。如果清晨沒有起霧和落雨的話，他總是穿戴整齊，從淡泊園南門沿小路上山，看看多年以後他的老部下們爲他塑建的大理石紀念碑。

將軍能夠穿透時間，周遊於過去與未來的事一直是個祕密。人們在將軍活著的最後兩年裡始終無法了解他言行異常的原因，還以爲他難耐退休的冷清寂寞，又經常沉湎於舊日的輝煌彪炳之中，以致神智不清了。於是有人怪罪將軍的獨子，認爲他沒有克盡孝職，害得老人家幽居日久，變得瘋瘋癲癲的。也有人熱心籌畫些同鄉會、基金會之類的機構，敦請將軍出任理監事或者顧問等等，免得他「閒慌了」。此外，爲將軍八十歲而出版過慶壽文集的人更再三請示他口述回憶錄，好爲大時代留下歷史的見證。

在將軍仍能開口說話的時候，他總是禮貌地向這些偶爾來表達關切的人士道謝，並且爲兒子維揚辯解。早幾年裡他還知道自己會在訪客面前撒些小謊——比方說虛報維揚回淡泊園來探視的次數或逗留的時日；可是日子一久，將軍就真的弄不清：究竟維揚是「前天上午剛走」？還是「昨兒晚上才回來過」？漸漸地，他應答客人的話少了，他經常答得驢唇不對馬嘴，原因是他開始當著所有人的面神遊起來。有一次同鄉會的人請他談養生之道，他卻讓對方立正站好一刻鐘。另一次事件發生在將軍八十三歲的暖壽宴席上。他一口瀝乾了金杯中的餘酒，虎地站起身子，衝七十二位賀客說道：「你們要是真心看得起我武鎭東，就把山上那塊碑給卸了！我可擔不住那麼些好辭兒！」客人面面相覷，不明白將軍的意思，大家都懷疑自己聽錯了——山上那裡有什麼碑？可是沒有人敢拂逆將軍什麼，連忙稱：「是。」將軍反而惱了，他知道沒有人會去拆那塊碑，氣得一屁股坐下去，罵了聲：「媽個屄的！一群小人。」武維揚這時輕輕推身離座，彎彎曲曲繞過幾張紅布圓桌，抬手格開老管家前來阻攔的肩膀，在一片鬥鬧聲中走出淡泊園。將軍目送兒子的背影消失在廊外的那排龍柏之間，又聽見老管家囁嚅說：「大少爺晚上有個演講會，趕回台北去了。」當下便打了個酒嗝，向眾人點頭、微笑、渾若無事地揮揮手。然而沒有人知道：將軍已經打定主意：從此再也不開口講話了。

第一個發現將軍變成啞巴的是基金會聘來爲將軍撰寫回憶錄的傳記作家石琦。她花了一整天的時間請將軍「努力回想一下民國十五年十一月北伐軍克復九江的情形」，可是將軍逕自在搖椅裡前仰後合，絲毫不爲所動。最後，石琦關掉錄音機，輕拍著將軍的手背，說：「那麼您休息吧，我告辭了。」

其實將軍一直沒休息，他仍舊流利地運用他那貫穿時間的祕密能力，把石琦從九江帶到南昌，在一所琺瑯工廠的地下室裡，會見了當地青幫的頭目馬志方。馬某人當場透露了一個驚人的情報：共產黨即將在上海發動一次群眾暴動。將軍回頭看一眼瑟縮在琺瑯器堆裡的石琦，笑著說：「不用怕！有我在。」說著便昂昂下巴，示意石琦注意會議桌前和馬志方會談的那個年輕、英挺的自己。「那年我還不滿二十五。」將軍隨即拉起石琦的手，穿過四個月又二十天，抵達上海法租界外，看見兩百多支削尖的竹竿掛著一顆顆血淋淋的人頭。石琦驚叫著倒在他的臂彎裡。將軍搖醒她，扠腰環視著混戰之後硝煙瀰漫的街道，說：「暴民都正法了，不要怕。」然而石琦卻瞪起一雙又驚又疑的眼睛，對他凝視了半晌，才輕拍兩下他的手背，說：「那麼您休息吧，我告辭了。」將軍看著那雙渾圓的小腿和纖細的腳踝，聽見高跟鞋踏在青石磚上發出喀喀的脆響，任由她消失於煙塵之中。接著他發現自己孤獨地站在黃浦馬路上，放聲吶喊著：「今天是個大日子！」喊聲混糅著極喜和極悲，極響亮也極靜默，將軍無法確知：今天究竟是他二十五歲還是八十三歲的生日？

將軍也曾悄悄地造訪過自己八十四歲的葬禮。

葬禮果然按照他的意思，在淡泊園舉行。他的遺像還是七十二歲剛退役的時候照的那張，懸掛在大廳朝南的牆上。兩旁四壁和大廳的橫樑上掛滿了各式各樣的輓聯和匾額。（他摘下老花鏡，看了一幅上聯，就感覺有點頭昏腦脹，上氣不接下氣，乾脆作罷。）

他好容易從人堆裡瞥見維揚，穿著一襲長布白衫，銀絲框眼鏡底下的一雙眼睛略微帶點浮腫，顯然是哭過了。這使將軍在錯愕中不禁有些驚喜，便往裡擠了擠，站到他身邊去。維揚比他高半頭，他得挺直腰桿、踮顫著腳尖才看清楚兒子的鬢角也泛白了。將軍半是嗔怨、半是憐惜地扯扯維揚的袖口，說：「到我死了還不肯討老婆，我做了什麼孽？要你來罰我絕子絕孫！」維揚甩了甩袖子，沒理他。

將軍嘆口氣，吹跑了婦聯會一個代表旗袍襟上的絹兒。然後他跟著滿地亂滾的手絹兒步出大廳，躲開朗誦祭文的怪腔怪調，看見石琦站在廊簷底下拿手指抹眼淚。他正想拾起手絹兒遞上去，卻聽見基金會的祕書長說話了：「真是難得難得！石小姐，難得有機會碰見你。」他們親切地寒暄一陣子之後，石琦又恢復了先前憂戚的神色，低聲說道：「人家辛辛苦苦又訪問、又錄音，搞了三個多月，結果全泡湯了。」祕書長拍撫著石琦的肩膀，想了半天，忽然眉頭一展：「有了，待會兒我把將軍的公子給你引見引見，也許還有救。」將軍這一下急了：「那小子知道個屁！」「我知道他。」石琦掠一下額前的劉海，微笑著說：「他是社會學的名教授！」「放屁！」將軍氣得從台階上跳下來，翻倒了好幾個花圈。

從葬禮回來之後，將軍就病了。每天昏睡十幾二十個鐘頭。老管家守候在床邊，求老天爺讓將軍說幾句夢話，也好明白他究竟胡思亂想些什麼。可是將軍憑仗著數十年如一日的堅毅果決的精神，連夢話也不肯說。直到一個月之後的一天清早，滿園的七里香味沿著青石路浩浩蕩蕩穿過迴廊，開赴臥房的時候，將軍才精神起來。他下床走向窗邊，對列隊恭迎的花香不住地點頭，然後衝老管家說了一句：「開春了。」老管家一楞，頓時喜淚盈眶，道：「您，您總算醒啦！」將軍卻覺得莫名其妙，以為對方老糊塗了。他恢復沉默，瞪視著老管家，氣他竟然不記得這些日子以來主僕倆在江南打保衛戰的艱苦患難。

將軍之所要帶著老管家重返古戰場，無疑也是由於葬禮上受到刺激的緣故。他堅持讓老管家作了見證：證明維揚沒有資格續他的回憶錄；在他最輝煌的那些歲月裡——「維揚這臭小子還不知道在哪裡當孤魂野鬼，沒處投胎呢！」多年以來，每當父子倆發生摩擦衝突的時候，將軍都會意氣風發地這麼說：可是話一出口，就會有另一種更大、更強的恐懼浮現——將軍真的懷疑這個在戰後出生的老來子，曾經是某個無名火線上冤死的孤魂野鬼，或者是所有冤孽的總合和菁華。在這種恐懼的催迫下，他不得不向老管家重新翻修他對歷史的解釋，編織一些新的記憶，塗改一些老的記憶，以抗拒他冥冥中可能已經加諸在他身上的報應。

於是，當主僕二人來到民國二十一年一月二十日的上海，看著五十名「日本青年保衛社」社員燒燬一家毛巾工廠、燒死兩名中國工人的時候，將軍便忙不迭地告訴老管家：「其實我那時候兒根本不在上海。打保衛戰以後我才來的。」可是他無法說明：既然眼前這場夜火處於一個他從未經歷的時空，他又怎麼能帶老管家「回來」？「將軍！您以前說過：鬼子燒工廠是為了向您報復啊！您不是先活活打死一個日本臭和尚嗎？」將軍立刻搖頭否認，以免把那臭和尚和獨身的維揚扯在一起。他義正辭嚴地斥道：「胡說！」然而在另一方面，將軍已經看見那個年輕、英挺的自己衝進火窟，救出第三個中國人，卻沒料到：對方竟然是虹口地面上的中盤鴉片商。火災事件之後，將軍的懊惱並沒有持續太久，因為他所救的人在爾後的一段日子裡資助了他的非正規軍一大筆糧餉，到頭來還成為他的岳父。

將軍接著悄聲向老管家表示：他從來就沒喜歡過他的岳父那個王八蛋。「可是，那時節——」將軍沉吟著、嘆息著，沒有繼續說下去。他希望對方能體諒：在內戰外患頻仍的年月裡，沒有什麼人、什麼事是純粹的。榮耀與罪惡、功勛與殺孽、權勢與愛情、恩與仇、生與死……全可以攪和成一體的稀泥。「這我懂，將軍。」老管家說。將軍咬緊牙關，以免臉上流露出感激的表情；他使勁昂起下巴，堅定地凝視廠房那邊冒竄到半空之中的熊熊烈燄。心底卻有一股如火燒巨木般摧枯拉朽的聲音在喊著：「維揚啊！你這個小孽障就從來沒懂過！你懂得個屁！」

維揚再度回到淡泊園時正當清明節。將軍一身仍舊是壽宴上穿的那套黑緞面夾襖和藍綢袍子，坐在落地窗前，拿望遠鏡眺望梅雨中蠢蠢欲動的山勢。維揚拍打著風衣上晶瑩的雨珠走來，按住搖椅靠背，繞身到前頭，彎腰端祥了老人一陣，將軍偏了偏頭，嫌他遮住光。維揚則繼續俯視著他絞皺的額頭、臉頰和乾縮的嘴，替他拈掉在下巴上的飯粒和襟前的一叢線球。然後對老管家說：「他精神不太好。」

「嗐！就是啊，從二月裡做壽到今天，將軍跟掉了魂兒似，怎麼也不肯說話。」老管家也近前來，陪維揚一道審視將軍。他們同時感覺到：將軍根本不知道也不在乎跟前的這兩個人。維揚又撣掉將軍膝頭的一些雨珠，隨口和老管家聊兩句天氣越來越壞，一年比一年多雨之類的話。老管家彷彿也被維揚那種鑑賞骨董藝術品的肅穆神情和純淨潔癖所感染，抬手熨平了將軍左耳後方殘存的幾莖亂髮，漫聲應道：「是啊！杜鵑花都光結苞子不開花了。」

「台北更糟，空氣壞得一塌糊塗。」維揚說著，替將軍摳掉一顆附在鼻樑旁邊的眼屎：「還是山上乾淨些。」「是啊！」「他現在自己會不會大小便？」「會的會的。您放心。將軍吃喝拉撒都好。」「那好，」維揚伸手想去拉稱將軍夾襖的縐摺，發現老管家已經搶先做了，便鬆口氣說：「那好——唉！還是山上乾淨些。」「是啊，」老管家為將軍捲了捲袖口，忽然發覺襯裡的白袖筒已經髒了一圈，便趕緊再翻回原狀，一面說：「我在後園裡種了一畦菜，沒有農藥的，您回去的時候帶一點。」維揚點點頭，順手理了理將軍的衣領，輕推一下搖椅，說：「好的。我先到媽墳上看看去，回頭再和你四處逛逛。」他們一左一右離開窗前，走了幾步，維揚有些未盡心意而不安的感覺，回頭望一眼兀自在搖椅上俯仰的將軍說：「他精神不太好。」「嗐！就是啊，從做壽那天起，人就不說話了。」

將軍從望遠鏡筒裡盯住維揚灰色的風衣漸行漸遠。維揚走得很慢、很小心。滿地爛濕的草葉和飛濺的泥漿居然沒有弄髒他筆挺的米色法蘭絨褲角。將軍自己倒不顧忌這些，他這一輩子高視闊步，撲面的風雨和陷腳的泥濘總是讓他感到爽快。這時他已然穿透望遠鏡筒，越出焦距之外，穩穩地在山頭站定，等著他的兒子。

「快啊！」將軍脫下白手套，捏緊拳頭朝半山腰裡的維揚吼了一聲。他有些不耐煩，擔心維揚來不及看見他們第二十軍團重創日本「北支那方面軍」的好戲。將軍皺緊眉頭瞥一眼西北角煙霧瀰漫的黃土平原——那邊隱約傳來一陣又一陣的砲擊；當砲擊打著唿硝掠去將軍的帽子的時候，維揚才爬到崖子口。將軍一把把他提起來，按倒在新綠的草叢裡，緊接著塞了支望遠鏡過去：「看見沒有，那就是『北支那方面軍』第十師團的瀨谷支隊，他們已經掉進咱們口袋兒裡來了。」維揚一面點頭，一面拍打著沾附在衣袋上的芒草尖。「再看那邊，正片。我們從開封、徐州開來的戰車隊和重砲馬上就要到了。看著罷！明兒一早，咱們給它來個甕中捉鱉，叫他們一個也活不了！」「我還要趕去上墳，爸！」維揚擄起袖子瞄一眼精工錶，低聲說道：「這裡什麼時候可以結束？」將軍深深地望了望對方，捺住性子，繼續說：「再過幾天，日本第五師團的坂本支隊也來了四個大隊，是從那個方向——看見沒有？東北方——從那兒來的。哼！一樣來得去不得！」「爸！到底還要打多久——」「多久？」將軍猛地跳起身子：「八年！光這場仗你老子就打了八年！還不止咧！告訴你，老子打了一輩子！」「我真的趕時間，爸！」維揚抬起手背輕輕拭去額頭的汗水，哀求著說：「我得上墳去了。」「上你媽的個墳！」將軍罵道。「是。」維揚扶了扶銀絲框眼鏡，平靜地說：「是上媽的墳。」將軍一發怒不可遏，把手套摜在地上，舉起靴底狠狠跺兩跺，叫道：「你給我回來！老子斃了你。——這是中國的歷史你知道不知道？」「那是您的歷史，爸。」維揚小心翼翼地循著來時的腳印退下崖子，語氣仍舊十分恭敬：「而且都過去了，爸。」將軍氣得眼眶都要暴裂了，他跳兩跳，一顆低飛的流彈不偏不倚擦中他的頂門，掀去一塊頭皮。從此將軍的頭頂上方禿掉一片，終身沒再長過一根毛髮。這一年將軍三十七歲，他一輩子不會忘記這個叫台兒莊的地方。

台兒莊以後無數個日子裡，將軍養成了一些非常奇特的習慣。沒事他就會試探性的摩擦幾下禿掉的頭皮，看看有沒有復活的髮芽兒在神不知、鬼不覺的情況下冒生出來。背著人的時候，將軍往往會面對一方小鏡子，用指甲尖擠弄頭皮，以測知底下的髮根是否真的死了。年歲一久，期待禿髮再生的意思淡了，但是潛藏著的那種試探的意圖卻沒有死。他總是在焦慮、困窘、憤怒或疑懼的時刻，伸手上頭，讓掌心在禿頂上空不到一毫米的地方按兩下，有如一位剛燙好新髮型的婦人試驗髮質彈性的模樣。然後，他會用半長不短的指甲在頭皮上往復搔抓，直抓得紅光滿面。

將軍第一次抓破頭皮是維揚進大學那年夏天。他簡直氣壞了，不敢想像自己的兒子竟然要念「社會學系」。在他看來，社會學就等於社會主義，社會主義就等於左派，左派就是共產黨。「你不能打仗，那是你的造化。你要念文學校，也隨你的便。」將軍越說越快，聲調也越高：「可是要念共產黨的玩意兒，沒門兒——給我立正站好！」維揚低下頭，臉頰和下巴頦上的青筋抽搐著。將軍來回踱方步，踹翻了一個茶几，嚇得將軍夫人在一旁打抖，連茶碗的碎片也不敢拾。將軍一逕噴著唾沫道：「你要讀書，不讀讀歷史啊？你老子打共產黨打了一輩子——」「那是您的歷史，爸！」維揚沉聲打了個岔：「而且都過去了。」說完便掉頭步出門去。將軍終於抓搔出一頭血爪印，大罵將軍夫人無能：「搞得家裡一點紀律也沒有！」

維揚趁天黑前從墳上回到淡泊園。將軍也輾轉由四十六年前的台兒莊和二十年前的官邸等大小戰場上獨自歸來。父子倆都略略顯出疲憊之態，隔著張飯桌輪流打呵欠。維揚照例報告一些教學和研究工作的近況，隨著不忘抬手看看腕錶或者整理一下原來已經整潔完美的西裝、領帶。將軍總會在對方話語稍作停頓的時刻適切地點點頭，並趁機喝口溫湯、挾點菜什麼的。咀嚼和吞嚥的動作絲毫不影響他心裡對兒子的談話：「不管怎麼著，不准你答應基金會那幫子人替我寫什麼錄不錄的！又立碑、又立傳，像什麼話？我又不是個死人。再一說，現在是個什麼年月？屁大的事兒還沒做了呢，先論起功、行起賞來咧？呿！小人當道。再一說，連你老子都不配寫什麼錄不錄的，你小子能懂什麼？別讓人捧嗒捧嗒地忘了自己吃幾兩米。教授？教授能大過司令官去麼？」「我夜間部那邊還有兩堂課，爸，我得走了。」維揚推桌起立，接過老管家早就準備好的一大包空心菜，順勢禮貌地跟他握手：「過兩天我再來，您多費心了。」「這些菜都是我親手種的，一點農藥都沒有，吃著好吃再來拿去，還有一大園子呢。」「還是山上乾淨些。台北空氣壞得一塌糊塗。」維揚又轉臉瞥了瞥將軍，說：「他現在會不會自己大小便？」「會的會的。」老管家像個介紹人似的朝將軍攤伸手掌，說：「將軍吃喝拉撒都好。」「您留步。」「您慢走。」他們在寒喧的時候並沒有聽見將軍的話——他兜回頭仍然在數落基金會的不是：「像什麼話？我又不是個死人！」

將軍這天晚上睡得很不安穩，半夜雨停的過程都聽得一清二楚。好容易捱到天濛濛亮，他便決心到自己的墳上逛逛去。

墳頭的高麗草還是新植的，比起旁邊將軍夫人的來，要顯得精短爽利得多。將軍俯身摸了摸草皮的頂端，掌窩子裡傳來了一陣堅挺強韌的觸感，生趣盎然。他朝著再撥兩下，發現草根處有土，不禁滿意地笑起來。不過，這一抹笑意並沒有維持幾秒鐘，因爲將軍不該像平常抓頭皮那樣生猛狂暴地抓搔著草根下的土壤——它只是薄薄的一層，經不起將軍早年跟著青幫會家子練就一副鷹爪鐵指功，三摳兩摳便現露出底部灰綠色的塑膠墊。將軍不禁大爲懊惱，一屁股頹坐在墓石前，望著「顯考前陸軍上將武公鎮東之墓」的字樣，幽幽地嘆了口氣，拍打掉殘附在指間的草皮斷葉，道：「假的。」

前來上墳的維揚實在不能忍受高麗草剝落一大塊的殘缺景象，他扔下盛著供果、香燭和鮮花的竹籃，一個箭步竄上去，抖散了原先被賓士美髮霜糊貼得非常順亮的髮梢，忍不住叫道：「看這草給扒的！這附近一定有野狗。」跟隨在他身後的石琦笑著說：「聽說你是個『不可救藥的完美主義者』，看來還真不錯。」將軍被維揚壓在墓石上，背脊一陣涼，鼻子卻得忍受維揚身上的古龍水氣味，頓時煩噁起來，想一把推開對方；可又覺得有幾分不忍，畢竟他有好幾十年未曾如此親近過兒子了。

維揚頗花了些氣力，在墳堆四周拾回幾莖帶根的高麗草，將就著散碎土塊給補植上去。左右顧盼，總不能順眼，整個人的心緒都搞壞了。他默默地把香燭、供果擺設好，鮮花便放在半禿的那塊草皮上，以免瘡痍礙眼，便逕自伏身鋪了手帕，跪拜起來。石琦也跟著鞠躬如儀，將軍趕緊拍屁股離位，站到一邊去。

「我很感激你願意陪我走一趟！」維揚銜著墳對石琦說：「可是，我恐怕不能提供你什麼有價值的資料——我和先父不是很親近的，我也沒趕上他的時代，你知道。」將軍點了點頭。

石琦也點了點頭：「總可以談談你的家庭生活吧？比方說：童年的經驗啦！父母的關係啦、什麼的。」

「童年經驗？」維揚的鼻孔因哼笑而張大了些，久久不能恢復原狀。他走踱到一旁，下巴幾乎撞到將軍的額頭，才說：「有一回他教我行舉手禮，爲了我的手掌抬不平，就讓我對著國父遺像罰站，說是：『站到國父滿意了、笑了，才准離開。』那年我四歲——，這，算不算童年經驗。」

石琦不理他的話，頑皮地笑著說：「結果你站了多久？」

「三天，整整三天。」維揚輕咬著牙關，連將軍都聽見那喀叱喀叱的摩擦聲——可是他想不起家裡曾經發生過這種事件，不由得：「咦？」了一聲。石琦再也笑不出，瞪起一雙慣於又驚又疑的眼睛：「啊！好可怕，將軍那麼慈祥的人，真想不到！」「沒影兒的事！這小子胡扯八蛋！」將軍抓搔幾下頭皮，繼續說：「你當我死人哪？這麼編排你老子！」說完狠狠一巴掌摑在維揚的左頰上。維揚拉起風衣遮住風，走向將軍夫人的墳。他小心翼翼地彎腰、曲腿、伸直手臂，拔除許多突兀的芒草、和幾株野生的雜色夕顏，說：「我媽在旁邊陪我跪了兩天兩夜，流了淚也不敢擦，一身旗袍都濕透了。結果她得了風寒，我有幾個月不能走路。」

「難道就沒有一點愉快的事？」

「有什麼好愉快的？」維揚和將軍同時說。維揚忽然有些恍惚，覺得說這話的情境似乎從前曾經經歷過，卻又若近似遠，飄移不安，令人捉摸不透。他只好定定地敘述「從小就穿一身筆挺僵硬軍服、戴軍帽、掛勛標、佩刀帶槍」的記憶——「先父一直想把我塑造成一種標準軍人的Stereotype，可是我不行。我骨子裡就有那種Anti-bureaucrat的抗體。結果他痛苦，我痛苦，全家都痛苦。」將軍聽不懂洋文，可是他了解「痛苦」是用任何語言都蒙混不了的，當下氣虎虎地掏出褲口袋裡的皮夾子，翻出一張泛黃膠套裡的泛黃照片；照片裏的維揚顯然還很年幼，一身鮮亮的軍裝，斜著小巴掌朝鏡頭敬禮，咧著張沒牙的嘴呵呵傻笑。「這叫苦？」將軍放聲吼：「放你媽的狗臭屁！」

「最苦的是我媽。」維揚退兩步，審視將軍夫人墳上的雜草幾乎已經清除淨盡，才沉吟著說：「她是被先父逼死的。」

將軍最是聽不得這話，胡亂收了皮夾、照片，一步搶上前，左手揪起維揚的衣領，右手掣住石琦的肘彎，道：「給老子滾回去看看，是誰逼使誰？到底是誰逼使誰？」

那一年將軍屆齡退役，簽請延了兩年，正為「老驥伏櫪，志在千里」的古訓欣慰不已；部裡又別無閒事，於是找了個國畫名家，依古禮拜師學書畫。將軍嫌山水呆板、花鳥柔弱，仕女更是不屑一顧，指定學畫龍、虎、馬。紙要大、筆要粗，端的是張張飛白。學的日子不多，求討墨寶的卻不少。將軍偶爾也會寄個一、兩軸到美國，給正在念學位的維揚。題詞不外「王師北定中原日／家祭毋忘告乃翁」、「壯志飢餐胡虜肉／笑談渴飲匈奴血」之類，權代書信。

維揚和石琦被將軍押返淡泊園的時刻，書房裡那個七十歲的將軍正在爲一頭白額吊睛大虎落款，虎頭衝左扭，彷彿不勝迎面狂風之力而暴惱怒吼的模樣。維揚瞄一眼題辭，是辛棄疾的「南鄉子」：「何處望神州／滿眼風光北固樓／……生子當如孫仲謀」那幾個老句子，隨即扭臉對石琦說：「就是這一幅，可把我整慘了。」「哦？」石琦瞄一眼畫，又瞅了瞅正在凝神觀賞自己作畫的將軍。「那年我在DC，」維揚立刻警醒地壓低了聲，附耳上去，說：「搞保釣。一起參加活動的幾個同學知道我的出身，又看到他寄來的這幅畫，就開了個檢討會狠狠鬥了我一頓，叫我作自我批評，整整鬧了一晚上。」維揚緊一緊領帶，脖子不很自在地扭了扭：「很困擾吧？」「可是開那種會——」「當時只是我們的『民主實習』罷了，不嚴重的。」

「不嚴重？」將軍指著書房門口跑進來的老管家，衝兩人說：「你們自己看著！」

老管家遞給作畫的將軍一只航空信封，封皮下角印著「香港新風畫廊」的篆字名銜，將軍一面拆著，一面說：「要我去開畫展的。」話音還沒落定，臉色卻變了，整個人上半身微微地抖顫著，震得硯池裡的墨汁幾乎潑灑出來。好一陣定過神，喘口大氣，才對老管家說：「把這張拿去裱了，寄美國——請夫人來一趟。」

將軍夫人挪蹭進屋的時候維揚對石琦說：「我一直認爲中國女性的犧牲人格是一種政治副產品。」石琦解意深長地點點頭。將軍則再度提醒他倆注意——將軍夫人從丈夫手上接過信箋，讚聲：「好哇。」「好個屁！看清囉——那個畫廊的副理事長是誰？」夫人依言看去，忍不住「啊」的一聲喊：「阿爹！他逃出來格囉！」「做夢！」將手拈起支畫筆，扯過紙來，在上頭隨手畫些粗大飛白的圓圈，一圈圈一圈，密密疊疊，然後說：「憑他那副煙骨頭？呿！他是給放出來的。」「你好像——」石琦側昂起臉注視著維揚：「看得很透徹。」「也是出去待了幾年，才慢慢兒想清楚的。」維揚視線落在兩個將軍和將軍夫人之間某個遙遠又空茫的定點上，說：「中國人的男女關係和倫理關係其實一直被

condition在一種political sphere的困境裡面，出不來。」「逃出來、放出來，弗是都一樣？」夫人似乎已經感受到將軍身上迸散出來的那股凜冽的惡意。將軍押紙壓筆，重重地畫了個大叉，沙著嗓子喊道：「女人家你懂什麼？放他出來是衝老子來的，這事給我好看。邀我去看畫展、去會會老丈人、去他娘的丟人現眼哪？還當我是沒毛兒的奶孩子？呿！」「一家團圓是好事，丟啥子人哩？」夫人說這話時淚水止不住地淌下來，語聲一字比一字細弱，頭也垂了，彷彿要說服自己的繡花鞋。「當時你會去搞運動，是爲了走出這種困境嗎？」石琦索性從皮包裡掏出記事本子，速記起來。維揚撫平了鬢角，清清喉嚨，開始進入像平時接受記者採訪一般的情境，緩聲說道：「Well，呃，我想，在行動的邏輯上，是的，不過我必須澄清的是：我並沒有深入，我很快就退出了，成爲一個旁觀者。我對後來『釣運』會轉變爲『統運』也一直非常遺憾！當然，這是另一個層次的問題……」「狗屁的話！什麼團圓哪？他們這是存心翻我的老賬。」將軍把筆一扔，叫道：「這叫『統戰』！你要去和那老王八蛋團圓，你就給我去死！」最後兩句話被將軍背後的將軍搶著蓋過去：「聽見沒有？是『統戰』！」「以我個人的觀點，事情過了這麼多年，我們應該用比較理性的態度去看它，不能再訴諸情緒了。」將軍夫人此刻再也忍不住，罵聲：「你不是人！不是人！」便轉身衝出房去。將軍繼續吼道：「你去死！」「那麼——」石琦睃一眼將軍和將軍背後的將軍：「話說回來；你是不是也能理性地談一談令尊呢？」維揚聞言，抿起嘴唇思索了片刻，才說：「坦白說，我們都活得很矛盾。」

將軍帶著極大的困惑從墳地回來，想著「矛盾」這兩個他從來沒用過的字，以及它們的意思。他對這兩個字的反感，一方面是因爲「他畢生的敵人慣用矛盾律的技倆」——這已經是職業軍人奉爲信念的事；另一方面，將軍一向認定：人只要信奉點什麼，就根本不會有屁的矛盾。可是這樣想來，將軍不禁要替維揚擔心。如果說維揚自己「活得很矛盾」，那就表示他是個沒什麼信仰的人。那麼，父子之間多年以來的摩擦便不止是「硬對軟」、「文對武」、「新對舊」這樣簡單的鬥爭而已了。更可怕的是：將軍搞不清楚兒子究竟在什麼地方？他相信什麼？他反對什麼？他爲什麼——相形之下，將軍反而覺得；維揚把他母親的死歸咎於老父之顢頇跋扈，倒是無可厚非的小事了。

在山頂繞了兩個圈子，將軍從北坡回淡泊園南門，在山腰上看見一群榮工處的老榮民正在搭建一座鷹架，鷹架中間是空的。不過他知道：那中空的位置即將興建起一座大理石紀念碑，碑上有七十二位基金會、同鄉會的老朋友、老部下和他的老來子簽署鐫刻的銘讚之辭，紀念碑將於許久以後——他的九十歲冥誕那一天——落成揭幕。維揚甚至會邀請發表一篇長達七分半鐘演講，講題是：「我的父親武將軍生前二三事。」

將軍停下腳步，和榮工領班打招呼。「要蓋個紀念碑是罷？」他說。「是啊！」領班掀起汗衫前襟擦拭額角的汗水，露出小臂上「反共抗俄救中國／殺朱拔毛鋤漢奸」的青黑紋字：「一位老將軍，死了好幾年了。」

「噢。」

「了不起啊！打仗打了一輩子。」

「噢。」

「聽說筆底下也好，還畫過不少畫。」

「噢。」

將軍又聽他褒揚了自己的勛業一番，卻沒有像往常那樣受不了過譽之辭而大發雷霆。他捺住性子聽，不時地點點頭，彷彿正在聽一首溜耳即逝的陌生樂曲。最後，他向對方舉手致答禮告辭，喃喃地說：「是啊是啊！人死得越久，也就越沒有什麼矛盾了是罷？」「您說啥？」

將軍在夏天來臨時說過一句話：「熱起來了。」把老管家嚇了一跳，以爲自己的耳朵出了毛病，竟然會真切地聽見幻音。將軍說「熱起來了」的時候已置身於冥誕紀念會場，望著一襲火燥燥、紅猩猩的巨大綢布從紀念碑上飄然揭落，以一種滑翔的姿勢再冉冉墜在碑礎四周的花藍內側，眾人立時爆炒起一陣沸聒聒的掌聲。

維揚的演講卻讓將軍十分意外。他竟然能清楚地說出將軍在那一年打過什麼仗，在那一年突過什麼圍，那一年受動，那一年晉級。除了少數幾個地名、人名念錯之外，大致還符合將軍的記憶。只有一點，將軍聽得仔細，而不敢置信。

「民國六十年一月，先母周太夫人心臟病突發過世，先父哀毀逾恆，守靈四十九天，幾乎粒米未進，可見先父用情之深了……」

維揚念這一段的時候，臉色像平日一般鎮白，毫無表情，只是把「哀」字念成了「衰」字，他自己也沒有察覺更正。倒是將軍這邊詫異得緊，他猛烈地撓抓頭皮，不知道該不該同意維揚的說法。

將軍利用一整個夏天，盤桓在妻子吞服安眠藥去世的那段時空裡。有時他會帶著新配了助聽器的老管家一塊兒。兩人的衣衫單薄，受不住舊日寒冬的凜殺，經常是去去就回，將軍總在那樣冷風裡問：「你倒是說，我究竟替她守靈了沒有？」老管家打著哆嗦渾身搖撼，望望他，說：「您說呢？」「我在問你啊！」老管家再望望空蕩蕩的廳堂，把個腦袋小小心心地湊合著害冷而搖得更劇烈了：「好，好像是沒有哇！」「可我又記得——」「您說有就有，不就結啦？」將軍「嗯」了聲又問：「那你再說說，我吃飯了沒有？」老管家一楞，扶了扶助聽器：「啥？您說啥？」「我說吃飯了沒有哇？」「有哇！」老管家說：「我做的飯菜，您都吃啦！還喝了酒了咧，驅寒嘛。」「咦？怪了！」將軍說：「我不是光守靈、不吃飯來嘛？」老管家又發起抖、搖起頭來：「冷哪！回去吧，將軍！」

將軍最後一次步出淡泊園是在重陽節。維揚攙著他艱難地迎風上山。將軍開口說道：「葉子都落了。」維揚答聲：「是。」良久之後才忽然醒悟到將軍並沒有變啞，便不自覺地停下腳步：「別走了，爸，山上冷。」將軍不再理會他，逕自往坡上邁。他要帶兒子到冥誕紀念會場去，讓他聽一聽：自己在六年以後說了些什麼？

「……可見先父用情之深了。總而言之，先父是一個有信仰的人，他畢生為他的信仰而奮鬥、犧牲，在我們這個充滿變動和矛盾的時代裡，他留下了不可磨滅的典型。他老人家雖然已經去世多年，但是他的精神不死，將永遠和我們在一起。」

「你，你這、這是真心話？」將軍顫聲問道，同時左顧右盼地打量著台上和身邊的兩個兒子。身邊的維揚遲疑了好一陣，說：「你不愛聽麼？」台上的維揚在掌聲中走入人群，和來賓一一握手，最後他站在基金會祕書長的身旁，向對方致謝：「如果不是祕書長幫忙，我還真不知該講些什麼呢。」說著，揚了揚手裡的講稿。「別謝我。」祕書長笑著說：「稿子是石小姐給擬的。啊！真是，文采流暢，字字珠璣，動人之至，動人之至。」

將軍聽著，頭皮已經暴紅起來，甩手脫開身邊的維揚攙住他脅下的手，喝道：「你要是不信這一套，為什麼講得這麼溜啊？」「只不過是一個演講而已嘛！」說著，維揚拍兩拍弄皺的袖子。「你到底反我什麼？你到底信什麼？」將軍狠命一抬腿，朝紀念碑的方向踢去，颳動一陣涼風，讓花藍、紅布翻倒作一堆。演講的維揚一面說，一面朝前走了。將軍看著兒子的兩個身影左衝右突，忽而分，忽而合，時而清晰，時而模糊；當下一陣天旋地轉，放開嗓子大喝一聲，挺起腦袋朝紀念碑撞去。也就在這一刻，他聽見體內體外同時奔放出一陣轟然巨響，劈開一切糾擾纏祟的矛盾——他第一次相信、也從此解脫的東西。

於是將軍無所不在，也無所謂褒貶了。他開始全心全意地守候著：有一天，維揚終究也要懂得這一切的：因為他們都是可以無視於時間，並隨意修改回憶的人。

吃人一口，至少還人半口

楊志良

吃人一口，還人一斗；還不了一斗，還一碗也是心意；如果連一碗都還不起，還半口總可以吧！這才是台灣人知恩圖報的人情義理。

台灣早年醫藥衛生落後，偏遠地區更是如此，許多西方國家具醫療背景的傳教士來台協助，加拿大、挪威、美國、義大利、瑞士等等，名單可以列出長長一串。一九九〇年，具有醫學專業、資歷及熱心社會福利的立委，組成跨黨派的厚生會與厚生基金會，每年辦理醫療奉獻獎。直到近年，獲獎者仍大多是早年來台的外籍人士，再加查考，其中竟然以義大利人最多。八位得獎義國人士中，最早的一位是一九五二年來台，最後一位於一九七一來台，至今也有半個世紀。他們在台灣最艱困的時期，在包括澎湖在內的偏遠地區設立醫療機構，出錢出力、盡心盡力，可說於台灣有大恩。

我因有特別的因緣，有機會與他們相處相知。一九九〇年，我擔任台大醫療機構管理研究所（現整併為健康政策與管理研究所）第一任所長，時任埔里基督教醫院行政副院長的成亮先生前來看我，認為教會醫院非常需要協助。那時全民健保尚未實施，這些神父、修士在偏遠地區行醫，艱苦付出，收入卻十分有限，需要從母國及在台募款。

當時基督教與天主教各自設有教會醫院協會，理事長分別為馬偕醫院的吳再成院長，及耕莘醫院的乳房外科醫師陸幼琴修女。在成亮兄的遊說下，二個教會醫院協會合併，由成亮兄擔任秘書長，邀我義務擔任顧問（好像後來再也沒有此職）。我們自行開車，拜訪每個教會醫院，提供醫院經營管理的意見，說明未來實施全民健保的願景及因應之道。

因此之故，我大概是全台灣教會醫院的「住院紀錄」保持人，因爲除了馬偕及耕莘，教會醫院都不在台北，爲了節省經費，我皆捨旅館而借住醫院的空床。我跟這些神職人員交往之中，發現相果然由心生，總覺得他們特別莊嚴動人。某次帶還在讀小學、常不受控的女兒一同前往拜訪，午餐十分簡便，但她看到修女們對病患如此無私的奉獻，竟然也正襟危坐起來。跟這些教會醫療人士交往，除心靈上獲得無上滿足外，還獲得神父、修士招待喝些紅酒（據說葡萄酒正是神父發明的），澎湖惠民醫院的何義士修士滿臉大鬍子，他的紅酒特別令我懷念。

如今義大利新冠肺炎疫情嚴重，台灣曾受人無私的幫助，是時候有恩報恩了。遂擬發起集資一千一百萬，購買並贈送十萬個N95口罩給義大利醫療單位。當然，比起他們照顧台灣偏遠民眾超過半世紀的付出，這遠不及千百分之一，僅能算是略盡棉薄之力而已。行善本應不欲人知，但受疫情影響，大家多有財務困難，我只好高調拋磚引玉，捐出廿萬，算是還了大鬍子的一口紅酒。期盼各界雪中送炭，若政府能夠共襄盛舉，自然更佳。此款將交由天主教靈醫會在國外購買口罩，逕送義大利靈醫會。

死後

魯迅

我夢見自己死在道路上。

這是哪裡，我怎麼到這裡來，怎麼死的，這些事我全不明白。總之，待到我自己知道已經死掉的時候，就已經死在那裡了。

聽到幾聲喜鵲叫，接著是一陣烏老鴉。空氣很清爽——雖然也帶些土氣息——大約正當黎明時候罷。我想睜開眼睛來，他卻絲毫也不動，簡直不像是我的眼睛；於是想擡手，也一樣。

恐怖的利鏃忽然穿透我的心了。在我生存時，曾經玩笑地設想：假使一個人的死亡，只是運動神經的廢滅，而知覺還在，那就比全死了更可怕。誰知道我的預想竟的中了，我自己就在證實這預想。

聽到腳步聲，走路的罷。一輛獨輪車從我的頭邊推過，大約是重載的，軋軋地叫得人心煩，還有些牙齒齼。很覺得滿眼緋紅，一定是太陽上來了。那麼，我的臉是朝東的。但那都沒有什麼關係。切切嚓嚓的人聲，看熱鬧的。他們踹起黃土來，飛進我的鼻孔，使我想打噴嚏了，但終於沒有打，僅有想打的心。

陸陸續續地又是腳步聲，都到近旁就停下，還有更多的低語聲：看的人多起來了。我忽然很想聽聽他們的議論。但同時想，我生存時說的什麼批評不值一笑的話，大概是違心之論罷：纔死，就露了破綻了。然而還是聽；然而畢竟得不到結論，歸納起來不過是這樣——

「死了？……」

「嗡——這……」

「哼！……」

「嘖……唉！……」

我十分高興，因爲始終沒有聽到一個熟識的聲音。否則，或者害得他們傷心；或則要使他們快意；或則要使他們加添些飯後閒談的材料，多破費寶貴的工夫；這都會使我很抱歉。現在誰也看不見，就是誰也不受影響。好了，總算對得起人了！

但是，大約是一個螞蟻，在我的脊梁上爬著，癢癢的。我一點也不能動，已經沒有除去他的能力了；倘在平時，只將身子一扭，就能使他退避。而且，大腿上又爬著一個哩！你們是做什麼的？蟲豸？！

事情可更壞了：嗡的一聲，就有一個青蠅停在我的顴骨上，走了幾步，又一飛，開口便舐我的鼻尖。我懊惱地想：足下，我不是什麼偉人，你無須到我身上來尋做論的材料……但是不能說出來。他卻從鼻尖跑下，又用冷舌頭來舐我的嘴唇了，不知道可是表示親愛。還有幾個則聚在眉毛上，跨一步，我的毛根就一搖。實在使我煩厭得不堪——不堪之至。

忽然，一陣風，一片東西從上面蓋下來，他們就一同飛開了，臨走時還說——

「惜哉！……」

我憤怒得幾乎昏厥過去。

木材摔在地上的鈍重的聲音同著地面的震動，使我忽然清醒；前額上感著蘆席的條紋。但那蘆席就被掀去了，又立刻感到了日光的灼熱。還聽得有人說——

「怎麼要死在這裡？……」

這聲音離我很近，他正彎著腰罷。但人應該死在哪裡呢？我先前以爲人在地上雖沒有任意生存的權利，卻總有任意死掉的權利的。現在纔知道並下然，也很難適合人們的公意。可惜我久沒了紙筆；即有也不能寫，而且即使寫了也沒有地方發表了。只好就這樣地拋開。

有人來擡我，也不知道是誰。聽到刀鞘聲，還有巡警在這裡罷，在我所下應該「死在這裡」的這裡。我被翻了幾個轉身，便覺得向上一舉，又往下一沉；又聽得蓋了蓋，釘著釘。但是，奇怪，只釘了兩個。難道這裡的棺材釘，是只釘兩個的麼？

我想：這回是六面碰壁，外加釘子。眞是完全失敗，嗚呼哀哉了！……

「氣悶！……」我又想。

然而我其實卻比先前已經寧靜得多，雖然知不清埋了沒有。在手背上觸到草席的條紋，覺得這屍衾倒也不惡。只不知道是誰給我化錢的，可惜！但是，可惡，收斂的小子們！我背後的小衫的一角皺起來了，他們並不給我拉平，現在抵得我很難受。你們以爲死人無知，做事就這樣地草率麼？哈哈！

我的身體似乎比活的時候要重得多，所以壓著衣皺便格外的不舒服。但我想，不久就可以習慣的；或者就要腐爛，不至於再有什麼大麻煩。此刻還下如靜靜地靜著想。

「您好？您死了麼？」

是一個頗爲耳熟的聲音。睜眼看時，卻是勃古齋舊書鋪的跑外的小伙計。不見約有二十多年了，倒還是那一副老樣子。我又看看六面的壁，委實太毛糙，簡直毫沒有加過一點修刮，鋸絨還是毛毿毿的。

「那不礙事，那不要緊。」他說，一面打開暗藍色布的包裹來。「這是明板《公羊傳》，嘉靖黑口本，給您送來了。您留下他罷。這是……」

「你！」我詫異地看定他的眼睛，說，「你莫非真正胡塗了？你看我這模樣，還要看什麼明板？……」

「那可以看，那不礙事。」

我即刻閉上眼睛，因為對他很煩厭。停了一會，沒有聲息，他大約走了。但是似乎一個螞蟻又在脖子上爬起來，終於爬到臉上，只繞著眼眶轉圈子。

萬不料人的思想，是死掉之後也還會變化的。忽而，有一種力將我的心的平安衝破；同時，許多夢也都做在眼前了。幾個朋友祝我安樂，幾個仇敵祝我滅亡。我卻總是既不安樂，也下滅亡地不上不下地生活下來，都不能副任何一面的期望。現在又影一般死掉了，連仇敵也不使知道，不肯贈給他們一點惠而不費的歡欣……

我覺得在快意中要哭出來。這大概是我死後第一次的哭。

然而終於也沒有眼淚流下；只看見眼前彷彿有火花一閃於是坐了起來。

一九二五年七月十二日

紅樓夢的四個醫生

蔣勳

因爲有醫生從政，醫生這個行業的性格，今年被討論得很多，使我想起《紅樓夢》裡的幾個醫生。

醫生從政，應該不是什麼大不了的事，近代孫逸仙就是醫生從政的典型。個人有病，民族、社會也有病，都需要醫治。從對個體生命的關心、治療，擴大到對整體民族社會改革的關心、治療，孫逸仙如此，台灣民主運動前輩蔣渭水也如此，都是醫生從政動人的典範。

文學家魯迅，原來也在日本仙台學醫，他在紀念老師藤野先生的文字裡寫過，讓他從學醫走向文學，似乎是因爲偶然看了戰爭紀錄片。看著同胞被屠殺，一群人面無表情，魯迅或許思考：救了這樣人民的身體，卻救不了一個民族的靈魂精神，學習醫藥，所爲何來？

魯迅精采的小說《藥》，書寫清末民間流行用饅頭蘸剛斬下人頭的熱血來治療肺癆。一名烈士（秋瑾）的血，就如此做了藥，卻治不好民族沉痾。年輕時讀《藥》，總是熱淚盈眶，胸肺都熱起來。魯迅的文字的確對症下「藥」，在社會的改革上有明顯的療效。

前些年，台灣從政的人絕大比例是學法律出身。學法律有學法律的職業特性吧，這些特性也明顯主導著島嶼的政治生態，好辯、堅持己見、立場分明、維護自己、極力攻擊對方。這些職業特性，這幾年，也被許多人討論過。訴訟的過程，律師的職責必須扮演這樣的角色，衛護己方，攻擊他人，沒有真正是非真理。社會發生事件，一味爭辯，全是口舌，最終不能對問題作徹底解決。平靜、理性，全面觀察的能力，在島嶼逐漸喪失了。平衡、包容，為對方著想的體諒也喪失了。律師多年執政，逐漸喪失了島嶼原有處事的通達圓融，社會也失去了寬厚平和。

有激憤的朋友對律師執政的現象不滿，酒後說了激烈的話，他說：應該立法，禁止法律出身（特別是某大學法律系）的人再參選總統。

這當然只是笑話，也不可能被多數人接受。但不知是不是這樣的反省越來越多，島嶼就慢慢放棄選舉法律出身的人，開始有較多醫生從政的新現象。

當然，一概而論一種職業，並不客觀，也容易陷入偏見。醫生從政開始不久，許多人也在觀察，在醫院救人命的醫生，一旦做政治改革，會出現哪些特性。

《紅樓夢》裡有幾個讓我有印象的醫生，出場時間很短，卻也讓人印象深刻。

王濟仁

賈府是世襲公爵，重要的人物像賈母生病，都由御醫院的太醫來診治。第四十二回賈母帶劉姥姥逛大觀園，受了風寒，就找了太醫院的御醫王濟仁來診治。

進了榮國府，王太醫很謹慎，由賈珍、賈璉領路，戰戰兢兢，連中央甬道都不敢走，「只走旁階」。

寶玉迎接，進了賈母房中，賈母坐在榻上，旁邊四個小丫頭、六個老嬷嬷陪侍。王太醫頭也不敢抬，上前請安。賈母看他穿六品官服，知道是御醫。就招呼：「供奉好。」又問賈珍：「這位供奉貴姓？」賈珍回答：「姓王。」賈母笑著說：「當日太醫院正堂有個王君效，好脈息。」王太醫回答：

「那是晚生家叔祖。」賈母聽了笑道：「原來這樣，也算是世交了。」

幾句問答，簡潔漂亮。讓讀者知道王君效、王濟仁已經三代是太醫院御醫，也知道賈府三代都由御醫診病，賈母才說是「世交」。

這樣的開場彷彿讓賈母放心，知道來爲她診病的是家學淵源、有經驗可以信賴的醫生。

寒暄過後，下面才是診病。賈母「慢慢的伸手放在小枕頭上」，老嬤嬤端了一張小凳子，讓王太醫坐。王太醫很恭敬，「屈一膝坐下」，「歪著頭診了半日，又診了那隻手」，診完脈息，這王太醫就「忙欠身低頭退出」。賈母笑說：「勞動了。珍兒讓出去，好生看茶。」

六品太醫如此有分寸，對貴族老夫人不敢有一點打擾，診完脈就退到書房向賈珍報告病情。

我喜歡這位王太醫的病情報告，他說：「太夫人並無別症，偶感一點風寒，究竟不用吃藥，不過略清淡些，常暖著一點兒，就好了。」

他沒有誇張聳動病情，「略吃清淡」、「保暖一點」，這麼平實。我常遇到的好醫生也多如此，不嚇唬病人，平和安靜。治病，藥彷彿是其次的，其實重點在調養生活。

王太醫最後開了藥方，但我最喜歡他說的：「寫個方子在這裡，若老人家愛吃，便按方煎一劑吃；若懶怠吃，也就罷了。」

這藥，愛吃就吃一劑，不愛吃，也就罷了。

我遇過這樣的醫生，病人焦慮急躁，他總是耐心平靜，微笑以待。藥的確不是最重要的，醫生的平靜溫和，比他開的藥更讓人安心。

這王濟仁是世代家傳皇室太醫院的名醫，醫術、教養、品格都讓人如沐春風。

張友士

第二個醫生張友士，是在《微塵眾》第一集就介紹過的。

張友士不是太醫院的醫生，沒有官位，從外地進京，為兒子捐官，但似乎很快在達官顯要之間口耳相傳，有了名聲。

第十回，賈蓉的太太秦可卿生病，病得嚴重。賈蓉媽媽尤氏抱怨「一群醫生」都沒用，每天三、四個來把脈，病人還要起床換三、四次衣服，病被折騰得更重了。

賈蓉的爸爸賈珍是世襲做官的，認識許多權貴，神武將軍的兒子馮紫英就引薦了一位他認識的名醫——張友士，來給秦可卿看病。

賈珍是大官，他拿名帖去請張友士，已經是傍晚。張友士請送名帖的人回稟賈珍，說「今日拜了一天的客，才回到家」，「此時精神疲頓不能支持」，「就是去到府上，也不能看脈」，「須得調息一夜，明日務必到府」。

「名醫」很辛苦，張友士進京不久，又要給孩子捐官，達官顯要都不能敷衍。名聲一傳開，有多少權貴家要爭相延攬看病，張友士必須拿捏分寸。再好的名醫，也不是神仙，「精神疲頓」，「不能看脈」，這是張友士專業的堅持。

我認識一些名醫，很辛苦，吃飯宴客休閒都不得「休息」，不斷有人問病。我就想起張友士「此時精神疲頓，不能支持」。我有時真的抱恙，攪擾到名醫，我也常抱歉愧疚。名醫關心我，要為我看診，我有時也推拒說：我還好，把時間留給別人吧。我也跟一位好醫生開過玩笑說：我在練「觀想」，有一點小不舒服，我會靜坐觀想名醫的微笑，竟然也有時生效。我問名醫：這是不掛號看診，會不會不道德？他不作答，還是微笑以待。

張友士厲害，隔天他見到秦可卿，家人要先報告病情，他說不用，還是先看脈——「竟先看脈，再請教病源爲是」。看完脈，張友士把病情說得一清二楚。他說的不只是秦可卿生理上的病，也談到病人的心理性格。生理的病容易醫治，心理性格的糾結卻不容易解開。張友士的醫學其實涉及到整體生命哲學，《微塵眾》第一集講張友士，引述不少他看脈「寸、關、尺」五行相生相剋的醫理，也許是今日純粹現代西方醫學可以參酌的古老東方全面看待人體的智慧吧。

胡君榮

《紅樓夢》的第三個醫生叫胡君榮，和前面提到的兩位醫生都很不同。

王濟仁是太醫院御醫，世代服務於皇室，身分、教養、醫術都平和寬大，沒有聳動驚嚇人的理論。談論病情，平實到就像談論生活，沒有一點誇張。醫術裡有教養，不溫不火，不疾不徐，讓人見識到太醫院世代家學的深厚品格傳承，毫無炫耀，這才是真正的名醫吧。

張友士其實有點像「神醫」，醫術高明，也明顯表現出醫術高明的自負堅持。他很容易讓接觸到的人心服口服，但跟王濟仁放在一起，慢慢會佩服起王濟仁毫不誇張的分寸。王濟仁或許只是做好醫生的本分，謙遜平和，一句多餘的話都不說。《微塵眾》第一集引述張友士的話很多，也佩服他對醫理五行的學問如此博大精深。但是，王濟仁是隻字不提醫學理論的，他給賈母老太太看病，就說「吃略清淡些」、「穿暖一點」，沒有一點「名醫」的賣弄喧譁，如此平常心，是太醫院御醫真正的高明處吧。

比起前兩位名醫，第三位醫生就有點搞笑了，這位醫生的名字叫胡君榮。胡君榮出現是在第六十九回，尤二姐懷孕，又被秋桐辱罵，氣憋在心裡，生了病，就請了太醫院的胡君榮來診治。

這胡君榮是太醫，醫術應該不差，但他似乎年輕，情慾高漲，品格就有些不端正。隔著簾子探脈，胡君榮覺得簾子裡的女人一定美呆了，想入非非，就假藉探病，要觀氣色，要求尤二姐「露一露金面」。丫頭奉命掀起簾子，胡君榮一見尤二姐，神魂搖盪。這一段原文精采——「帳子掀起一縫，尤二姐露出臉來。胡君榮一見，早已魂飛天外，哪裡還能辨氣色？」

醫術高明，卻控制不住七情六慾，胡君榮的「魂飛天外」，完全失去了治病能力，胡亂開了藥方，致使尤二姐流產，病情更重。

歷來討論這名叫胡君榮的醫生，都連帶會談到第五十一回給晴雯看病的「胡庸醫」。兩人雖都與「胡」字有關，不完全能確定六十九回的「胡君榮」一定就是五十一回的「胡庸醫」。但是兩個「胡」醫生行徑品格太相似，多數讀者很容易就把兩人連成一人。

六十九回胡君榮好女色，五十一回胡庸醫不遑多讓。晴雯生病，寶玉偷偷請了醫生來，「老嬤嬤帶了一個太醫進來，這裡的丫頭都迴避了」。小子們說：「今兒請了一位新太醫來了。」

「新太醫」或許是醫學院剛畢業的年輕實習醫生嗎？他走進晴雯的暖閣，已經魂不守舍。

晴雯睡在暖閣裡，大紅繡幔深垂，「晴雯從幔中單伸出手來，那太醫見這隻手上有兩根指甲，足有二、三寸長，尚有金鳳仙花染的通紅的痕跡」。看到如此撩人的畫面，這年輕醫生緊張了，臉紅心跳，「便回過頭來」，不敢看，「有一個老嬤嬤忙拿了一塊絹子掩上了」。

雖然掩蓋了，這太醫還一直想著染得通紅、二三寸長的指甲吧，診脈也失了神，胡亂開了藥方，開藥方的時候還多嘴問：剛才生病的是個小姐嗎？老嬤嬤也笑了，回答說：是少爺的丫頭。若是小姐，你這麼容易就進去了？

這「胡庸醫」開了藥方，藥方上面有紫蘇、桔梗、防風、荊芥，後面又有枳實、麻黃。寶玉看了，罵道：「該死，該死！他拿著女孩兒們也像我們一樣的治法，如何使得？」枳實、麻黃是重藥，連寶玉都看出來，這種像抗生素的重藥，有副作用，不能亂吃。寶玉下令：「再請一個熟的來罷。」

我在《微塵眾》第二集說過這個胡庸醫，也對他很同情。這胡庸醫，像剛從醫學院畢業的年輕實習醫生，血氣方剛。他不見得醫術不好，但是太年輕，沒有經驗。學來一堆理論，碰到女人，光看到染了蔻丹的長指甲，魂就飛了，把脈時心神不定，開藥方時也用了重藥。我對胡庸醫「同情」，是因爲覺得古代女人垂著大紅繡幔，看不到人，單伸出一隻手，手上又留著二、三寸長鳳仙花染得通紅的指甲，這對年輕男醫生簡直是挑逗。胡庸醫把脈不準，藥方亂開，晴雯的指甲應該也要負一半責任。

儒家倫理防衛女子貞節，密不通風，其實剛好造就各式各樣的性幻想。胡庸醫這樣的犧牲者，古代、現代應該也都有。在《微塵眾》第二集中已有討論，不再贅述。

王一貼

《紅樓夢》裡最有趣的一個「醫生」，其實是第八十回出現的王一貼。

嚴格說起來，王一貼能不能算是正規醫生？或許還有商酌。王一貼本業是天齊廟的老道士，信眾到廟裡燒香拜神，大概都有事，或破產，或生病，或感情不遂，心理影響生理，都容易有病，身上這裡痛、那裡痛的。王一貼看準了這一點，就在廟裡發展出副業——賣膏藥。這件事我小時候在廟口看過，燒點神符香灰什麼的，跌打損傷，小兒收驚，男女雜症，好像都能治。

王一貼因此就經營了他蓬勃的副業，他的膏藥多達一百二十多種，據他自己吹噓，任何疑難雜症，一貼就好。他因此贏得了「王一貼」的外號，成爲膏藥達人、膏藥一哥。

賈寶玉到天齊廟燒香，正巧就碰到王一貼，對他的「膏藥一哥」稱號有點懷疑，就提出挑戰。寶玉說：你可有醫治女人忌妒的膏藥？

寶玉這句話問得突然，讀者不容易理解，必須先從夏金桂這個女人說起。

夏金桂是《紅樓夢》第七十九回出現的人物。夏家是替皇室做園藝盆景採買的商家，長期接皇室的BOT案子，公部門關係很好，油水多，家財萬貫。書裡說，夏家在京城光是桂花就種了幾十頃地，因此也被稱爲「桂花夏家」。

夏家做皇室生意，薛寶釵的薛家也是皇商，因此長期認識。寶釵不學無術的哥哥薛蟠有一天做買賣，路過夏家，見到夏家獨生女兒「金桂」標緻漂亮，就訂了親，結爲夫妻。

夏金桂是獨生女，父親早逝，母親當然寵溺到不行，長得漂亮，也讀書、會寫詩。夏金桂剛出場，大家對她印象都很好。連薛蟠的妾香菱都興沖沖跟寶玉說：「詩社」又多了一個可以邀請的人。

年輕、漂亮、會寫詩、有才華，好像《紅樓夢》大觀園裡的傑出少女都如此，林黛玉、薛寶釵、探春、史湘雲，包括香菱，都如此天眞爛漫，眞誠相待。

但是香菱看走眼了，寶玉也看走眼了。這個剛嫁過來人人讚美的夏金桂，忽然不快樂起來了，她不知爲什麼老是忌恨別人。坐在家中無事，她也要找碴。她問香菱，「菱角花怎麼會『香』」？她心裡覺得只有「桂花」可以香，其他人哪裡配「香」。這名字又是薛寶釵取的，她也忌恨人人都稱讚的寶釵，因此就把香菱名字改成「秋菱」。

只准自己「香」，別人都不可以「香」，夏金桂開始充滿忌妒，越來越痛苦了。

夏金桂的故事其實是童話裡大家很熟悉的一個人物，《白雪公主》裡有一個皇后，每天對著鏡子問：魔鏡，魔鏡，誰是世界上最美的人？她得到的回答一直是她自己，她因此滿足得意。但是她不知道，這樣的問話，已經注定了有一天一定會痛苦。當魔鏡的回答是「她人」時，這皇后就抓狂，要忌恨報復了。

夏金桂很美，也聰明，有才華，但是她掉進魔鏡中不能自拔。自己香，別的生命不准「香」，自己有才華，別人不准有才華，自己聰明，別人不准聰明。

夏金桂開始折磨香菱，開始侮辱身邊每一個人，弄到雞飛狗跳。《紅樓夢》的作者寫夏金桂有極鮮活的畫面，充滿忌妒，充滿恨，這女人每天殺雞宰鴨，雞鴨都不吃肉，單挑骨頭，用大火熱油炸得焦黑，蹺個二郎腿，一面高聲罵人，一面就咯吱咯吱啃嚼雞骨、鴨骨，一嘴焦黑。

好恐怖的畫面，一個人可以從青春的華美，一下掉進這樣的忌恨中，使生命失去光彩，變得如此焦黑。

寶玉覺得女人都是美的，親戚裡出了夏金桂，寶玉心痛，走進天齊廟，見到王一貼，心裡還惦記著世界上有一個叫夏金桂的女人，如此在忌妒裡痛苦，如此不能心平氣和，如此鬧到自己不開心，身邊的人一起遭殃。寶玉若有所思，就問了王一貼：你可有醫治女人忌妒的膏藥？

急病亂投醫吧，有人會在無助的時刻求助於香灰神符，寶玉也痛心於人的忌恨如此不可救藥，無奈求助於江湖術士王一貼。

這王一貼寫得極好，他知道寶玉是「知識分子」，沒有用平日唬弄庶民百姓的口吻。他說：膏藥沒有，倒是有一味湯藥，就叫「療妒湯」。

我太喜歡王一貼這藥方了，全文引用，或許可以流傳濟世——「極好的秋梨一個，二錢冰糖，一錢陳皮，水三碗，梨熟為度。」

王一貼說：「每日清晨吃這一個梨，吃來吃去就好了。」

寶玉當然不信，這麼簡單一個方子，梨、冰糖、陳皮、水三碗，就可以治好人間多少禍難之源的「忌妒」？

寶玉說：「只怕未必見效。」

王一貼的回答更妙。王一貼說：「一劑不效，吃十劑；今日不效，明日再吃；今年不效，明年再吃。橫豎這三味藥都是潤肺開胃不傷人的，甜絲絲的，又止咳嗽，又好吃。吃過一百歲，人橫豎是要死的，死了還妒什麼？那時就見效了。」

哈哈，王一貼是「醫生」嗎？是「江湖術士」嗎？是「騙子」嗎？他說話如此直白，其實沒有詐騙。我認真相信治好人的忌妒原來可以這麼簡單。美，與人分享，就不會忌妒，才華與人分享，也不會忌妒。最終，在魔鏡裡只看到自己究竟是不行的。看鏡子，看到自己，也看到別人，「不傷人」、「甜絲絲的」，日子就會好過一點吧。

我很喜歡《紅樓夢》裡這幾個醫生，各人有各人的特質，病人與醫生也各有緣分，會遇到什麼樣的醫生，也都不可強求。

我很幸運，身邊有像王濟仁、張友士這樣的好醫生，有時在廟口遇到如王一貼的小人物，我知道他也是「微塵眾」裡為度化眾生而來，聽他哈哈一笑，也能豁達。

王濟仁、張友士、胡君榮、王一貼，四個「醫生」，他們若是當選執政，相信一定也都會有不同的作為吧。

——二〇一五年四月十三日寫於清明穀雨之間

一九八二，我的山海關

顏崑陽

一九八二年，是臺灣的國際機場跑道；卻是我的山海關！

國際機場跑道，臺灣的經濟正準備起飛；山海關卻是生死存亡的分界，我能不能安然度過這座險峻的生命隘口？

這一年五月，某個沒有國家大事發生的夜晚。我躺在高雄師範學院教室的講台上；一群學生，慌亂，七手八腳將我抬起來，向街頭狂奔。

計程車，快叫計程車！送到高醫！

我的意識還沒有完全昏迷；幾分鐘前，站在講台上，唐詩的風韻正流盪於燠熱的夜氛中。突然，心臟竄動如臨陣戰鼓，眼前燈光就像日蝕一般昏暗下來，學生們的臉孔也模糊成一團五官斑駁的亂影；恍惚間，身體搖晃如風中枯柳。

「躺下去！老師躺下去！」然後，錯雜的桌椅碰撞聲、腳步聲，學生們像一波駭浪，湧向講台邊。

我被學生抬出教室，還沒有完全昏迷，死亡意識似水滲紙，佔領恐懼的心靈。我彷彿看到鬢髮灰白的父母親，正撫棺慟哭；我是他們寄望最深的兒子啊！而新婚的嬌妻，幸福猝然從她青春的臉龐上片片剝落，即將變成孤夜飲泣的嫠婦！想到這裡，我的手腳倏地麻痺起來。

山海關前，我竟然荒謬地想到，腳上那雙費去四分之一個月薪水的新皮鞋；被學生脫下來，會不會就遺忘在教室！「我的新皮鞋呢？」呢喃聲卻被噪音淹沒。

高醫沒有收留我，只好轉到市立民生醫院，住院幾天，終究走出死亡的蔭谷。遠在桃園的父母親及臺北的妻子，並不知道這幾天，他們的摯愛正站在山海關前，生死哀樂僅是一扇大門的開闔出入而已；而這一切都不是我倒在講台上的那片刻之前所能預卜。人生無常，此時方知，是否已遲？

一九八二年，臺灣正蹲踞在國際機場跑道上，經濟準備起飛，卻還沒有起飛。那時候，大學講師的鐘點費一節課九十元。一個讀了二十幾年書的「大有爲青年」，依靠兼課繳付數十萬房屋貸款，年息百分之十二‧六；同時又得仰事俯畜，養活一家人；究竟每星期必須嘴不停歇地說講多少節課，才能過得了這樣起碼的生活？

我結算過，那幾年間，攻讀博士之外，爲了生活，我每星期最多上課三十二節，四個教授的工作量，前後開過二十幾門課程。此外，還必須焚膏繼晷地寫作，賺取微薄的稿費，才能解決生活的基本需求。就這樣，全年無休，每天從清晨工作到深夜，只睡不到六小時。於是金剛之身，終究壞成破碎的陶片！

我沒有死；但是，卻陷入身心交瘁的泥淖，五臟六腑爭相演出病象。我開始盯緊自己的身體，這具曾經被荒忽而以爲它永不會毀壞、消失的血肉筋骨。於是，我將視線從奔馳不盡的四面八方收回，聚焦在這不及六尺的軀幹；每天懷疑那是心臟病！那是肺氣腫！那是腸胃炎！那是腦神經衰弱！那是肝功能異常……我不斷出入醫院各科門診；醫生說我的臟器都正常，不正常的是精神或神經，服用鎮定劑就行了；這個庸醫！我心裡罵著。

我病了，再也不能家居臺北而遠到高雄工作；但是，回臺北，母校漠然拒絕了我，我還能到哪兒去呢？幸好淡江大學在我苦難中，給了我一枝之棲。

我害怕擁擠的人群、狹窄而閉塞的空間；這世界是一棟只開了三尺天窗的牢房，置身其中，我立即感到呼吸困難、手腳痲痺。當我想到必須走進擠滿二百多隻手腳、一百多雙眼睛、幾十張嘴巴的教室；而站在講台上，不停叨叨絮絮三個小時，我便幾近窒息、癱瘓；但是，我沒有停歇工作，獨自安寧地躺在曠野，仰觀日月星辰的權利。

我沒有死；但是，死亡的意識始終如影纏身。我經常盤算著各式各樣自殺的可能，一種向這困苦命運與溷濁世界抗議的悲壯感、一種如牛馬拋鞍棄軛的解脫感、一種栽雲植霧而畢竟消散的虛幻感、一種朝暉夕陰而午晴夜雨的無常感。或許，人生最終都只是在等待一場悲劇吧！我就這樣讓死亡意識纏繞著耗弱、焦慮的心靈。每夜都將門窗緊閉，害怕壞人入侵，聽到些微的異響，便起床巡視；經常輾轉反側到清晨，登山健行者的跫音從五十公尺外的山間小徑喀喀嚓嚓傳來。

這一年，臺灣的經濟正駛進國際機場跑道，而我的生命卻面臨山海關；有些醫生說，這是「精神官能症」：一個強迫性格傾向的人，凡事都死抱著理想藍圖，長期頂著千斤壓力，幾乎都會罹患這種精神疾病；一些醫生卻說，這是「自律神經失調症」；因爲長期工作太緊張、太勞累，沒有適度的休閒，交感神經與副交感神經已喪失彼此節制的正常規律。不管怎麼說，我是一匹馳騁過度的戰馬，此刻正精疲力竭地仰望著險峻的山海關，將如何安然度過呢？

那時候，我正準備仰賴莊子「生命的學問」，以取得博士學位，找到安身現實的憑藉。三個月前，才寫完一本教人如何能不傷生害命的小書：《莊子的寓言世界》；而如今，我卻困厄地徘徊在山海關前。生命的學問，只是隨風過耳的空言嗎？這，真是我無法答辯的反諷！

我必須將埋藏在深層的「自己」，掏出來細審端視，徹底問明：活著，我真正需要什麼？不需要什麼？我切實能做什麼？不能做什麼？我可以接受什麼？應該拒絕什麼？假如是莊子，他將如何去解答這些疑問？面對生命這般瘁身勞神的病痛，他又將如何洗淨塵垢，割除贅疣？

那段時日，我才懂得了生活的帳簿上，不能一直都只用加法，甚至乘法；很多時候，更必須斷然使用減法，甚至除法。如今，從被迫到自願，我生活的帳簿已減除到幾近歸零的境地；而臺灣的經濟正駛進國際機場跑道，準備起飛！

那段時日，我經常在山邊水湄、寒燈皓月的靜坐中，彷彿看到莊子側臥在無何有之鄉、廣漠之野，一棵參天散木的濃陰下，向我微笑：多向自己以及世界說「不」！這是你治病的良藥。我忽然感覺自己就並躺在莊子的身邊，逐漸心凝形釋，終而消融在沒有物際的宇宙間。

一九八二年，我的山海關，畢竟安然度過了，並於一九八五年，完成博士論文《莊子藝術精神析論》；但是，每個生命歷程都將不止碰到一座山海關！我的下一座山海關，何時會再碰到呢？臺灣經濟的確在八〇年代之後，駛進國際機場跑道，逐漸起飛了；然而，經濟起飛了，每個人的生命就不再遭遇難以穿越的山海關嗎？

Note

Note

國家圖書館出版品預行編目資料

大學國文選：醫學與人文／輔仁大學國文選編輯委員會；王欣慧召集；孫永忠主編；王欣慧、林郁迢編撰. ——初版. ——臺北市：五南圖書出版股份有限公司, 2020.09
面； 公分
ISBN 978-986-522-043-3（平裝）

1.國文科 2.讀本

836 109007429

1XKD 國文系列

大學國文選：醫學與人文

輔仁大學國文選編輯委員會
召 集 人— 王欣慧
主 編— 孫永忠
編 撰— 王欣慧、林郁迢
發 行 人— 楊榮川
總 經 理— 楊士清
總 編 輯— 楊秀麗
副總編輯— 黃惠娟
責任編輯— 陳巧慈
封面設計— 陳亭瑋
出 版 者— 五南圖書出版股份有限公司
地 址：106臺北市大安區和平東路二段339號4樓
電 話：(02)2705-5066 傳 真：(02)2706-6100
網 址：https://www.wunan.com.tw
電子郵件：wunan@wunan.com.tw
劃撥帳號：01068953
戶 名：五南圖書出版股份有限公司
法律顧問 林勝安律師
出版日期 2020年9月初版一刷
2023年9月初版四刷
定 價 新臺幣200元

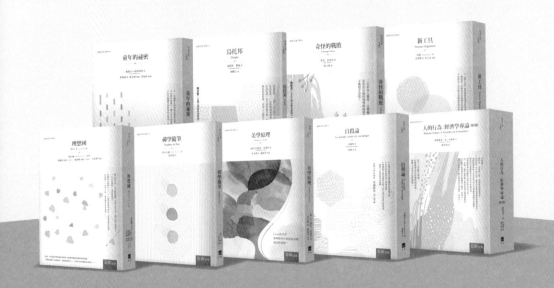